魔女宅急便

特別篇3

半個魔女

ケケと半分魔女 魔女の宅急便 特別編その3

角野榮子——著　佐竹美保——繪　豫亭——譯

目次

從剛才開始，蔻蔻就一個人對著書桌，不停把瀏海往上梳，並且「這樣也不對，那樣也不對」的念念有詞。書桌上滿是橡皮擦屑，以及寫到一半的稿紙——不對，不只書桌上，連地上也到處都是。

蔻蔻正在撰寫新的故事。其實已經快要寫到結局了，但她想寫的東西太多太多，遲遲沒有辦法收尾。

蔻蔻離開書桌，開始在房間內隨意踱步。她來到窗邊，望著外面發呆好一陣子，然後突然自個兒點點頭，回到書桌前，提起筆繼續寫作。但是，寫不到幾個字，手便又停了下來。

「這種時候，還是休息一下吧。」

於是，蔻蔻決定泡一杯茶，歇一會兒。

這個讓蔻蔻大傷腦筋的作品，標題叫做《半個魔女——另一個故事》。故事的主角是名為「塔塔」的少女，塔塔四歲時失去母親，所以她總是下意識的覺得自己少了一半。即將滿十五歲的某一天，她突然下定決心，要獨自出去旅行。

蔻蔻三十一歲時，曾經出版過一本書，書名是《半個魔女》，那是將自己曾投稿至雜誌的小說集結成的一本小書，也是蔻蔻的第一本書。

小時候的蔻蔻非常任性，內心總是長滿尖尖的刺，每天不停跟人吵架。有一次，她遇到一位很活潑的少女，心中卻產生了壞主意，打算搶走對方所有的東西（雖然她最後打消了念頭）。

蔻蔻不斷思考、審視長大之前的那個自己，並且寫下《半個魔女》——她的第一本書。

不過，事情並沒有就此結束。在蔻蔻的心中，想繼續寫下去的念頭逐漸膨脹，於是，她開始撰寫另一個《半個魔女》的故事。

蔻蔻端著茶杯，坐上沙發，接著閉起眼睛，慢慢品嘗。但是，她又馬上睜開大大的雙眼，起身趕回書桌前。此刻的她，看起來不再有一絲猶豫。鉛筆開始沙沙作響，這個故事想必很快就會完成了。

蔻蔻打算在故事出版後的第一時間，將這本書連同一封長長的信，寄給她重要的朋友們。不知道那些人現在過得好不好？

她一邊想著那些朋友的面容，一邊振筆疾書。

最後，故事終於大功告成。

那本書，現在就在你的手上。

半個魔女

另一個故事

蔻蔻 著　三禾 繪

獻給親愛的琪琪和托托

一半的我

小時候的回憶，是從四歲左右開始。

「可愛的塔塔，來，要睡覺囉。」

每天晚上睡覺前，爸爸塔西歐都會連同我的兔子玩偶琵塔，一起緊緊擁抱我，然後在左右臉頰各親三次，總共親到六次這麼多。

「可愛的塔塔。」

「可憐的塔塔。」

「我最愛的塔塔。」

每一次的親吻之間，爸爸會輕輕這麼說。

就算是失去母親的可憐女兒，親到六次也太多了吧。

我都想跟他說「可以了」。

很多時候，我也會說自己很睏了，從塔西歐的懷抱

裡掙脫出來。有時候，我會假裝已經睡著，因為只要我不睡，他就生怕我會像媽媽那樣死掉。

我剛滿四歲時，我的媽媽米可就死了……的樣子。別人是這麼說的，所以我也一直認為是這樣，畢竟，我對媽媽沒有什麼印象，所以反過來說，如果我認為她沒有死，說不定就真的還沒死。

若是這樣，那媽媽現在到底在哪裡？很遠的地方嗎？或是某個陰暗的地方？難道她再也不會來找我了？

當時的我才剛懂一點事，所以一旦開始思考，整個腦袋就轉個不停，漸漸睡不著覺。

「才四歲就沒了母親……好可憐啊。」

大人個個難過的這麼說。

即使如此，由於我當時年紀還小，所以也不懂自己哪裡可憐。其他人有媽媽，而我沒有。不過，我在那段時間並不特別感到悲傷。因為，爸爸塔西歐總把我當作心肝寶貝，住在隔壁的琵莉娜阿姨也會幫忙煮飯、縫衣服，就好像是我的媽媽。

琵莉娜阿姨過著獨居生活。她的年紀比媽媽大，而且跟媽媽很要好，經常幫助身體不好的媽媽。雖然有點囉唆，但我小時候還是很喜歡她。當然，現在的我也非常喜歡她。

儘管我對米可沒有什麼印象，她還是為我留下了一件東西，那就是以我嬰兒時期用的棉被縫製的兔子玩偶——琵塔。這個玩偶是媽媽曾經活在這個世界上的唯一證據。

「來，塔塔，要睡覺囉。爸爸陪妳。」

塔西歐這麼說之後，我抱著琵塔乖乖鑽進被窩，閉上眼睛。塔西歐放心下來，走出房間後，我繼續閉著眼睛，用右手的拇指和食指捏住琵塔的淡紅色左耳，輕輕搓揉，接著把鼻子湊上去大吸一口氣。那股混合了口

水、汗水，以及一堆雜七雜八事物的氣味鑽進鼻孔，在胸口擴散開來。經過這小小的儀式，睡意會像漲滿的潮水逐漸湧上，慢慢包覆我。當我感到不安時，我就會摟住琵塔，把鼻子湊上去。

每天晚上，我都會進行這項儀式再入睡。不過，就算我已經五歲，有時候還是會到天亮都睡不著覺。雖然大人說，小孩子怎麼可能失眠，但這種事的的確確就發生在我身上，我也很無奈。

這種時候，浮現在我腦海的，總是「死掉是怎麼一回事」這個疑問。

死掉的話，只是看不見東西而已嗎？媽媽去了什麼地方？等我長大，能不能去找她？塔西歐呢，也會死掉嗎……

一開始思考這些，就更睡不著了。雖然眼睛閉著，身體卻很清醒，並且感到擔心。結果，我不知為何感到傷心，開始想哭。然而，淚水只是一直囤積在眼中，就那麼逐漸退去。

在某個那樣的夜裡，天花板傳來了細微的窸窣聲。

「咦？」

我立刻抱緊琵塔，豎起耳朵仔細聽。結果，四周安安靜靜，沒有任何聲響。正當我以為是自己多心，鑽進棉被裡時，好像又出現了窸窸窣窣的聲音……我閉緊眼睛，縮起身體。天花板上方的閣樓，應該沒有人才對啊。

我的心裡明明害怕得不得了，但還是說什麼都想上去檢查。要是繼續在被窩裡發抖，只會越來越害怕。於是，我抱起琵塔，下了床，光著腳打開房門走出去。微弱的光線照亮通往閣樓的樓梯。我按著劇烈跳動的胸口，小心翼翼的爬上去。

來到閣樓門口前，我稍微推開沉重的門。在這一瞬間，

滿是灰塵的空氣立刻撲到臉上。

鼻子好癢好癢。我忍耐著快要打出來的噴嚏，從門縫往裡面看。月光從天窗灑進來，將房間微微照亮。

「爸爸？」

我試著發出聲音詢問，但是沒有得到任何回應。

之前，我跟塔西歐為了拿東西，來過閣樓幾次。記得這裡胡亂堆放了很多舊東西，就像是灰塵的聚集地。

「這些都是爸爸的爺爺的收藏，得找一天好好整理，不然實在是太亂了。」

塔西歐看了閣樓一圈，嘆一口氣。

「塔塔，妳最好不要一個人上來。這裡會讓妳的喉嚨很乾很乾喔。」

當時，我還想多看一會兒，但是塔西歐好像不想待太久。我被他牽著手，帶離這個地方。

我再次抱緊琵塔，將一隻腳踏進房間，專心聆聽。

不過，裡面果然還是安安靜靜，一點聲音都沒有。

「爸爸？你在裡面嗎？」

我又壓低聲音問了一次，還是沒得到回應。

這一瞬間，我的赤腳產生寒意。

還是回房間吧，正當我準備關上門時，雲也正好散開，月光拉長，照亮房間深處。

房間的最裡頭有個櫃子，在櫃子下方是個稍微露出來的紅棕色旅行箱。我從來沒見過那個箱子，就如同從另一個世界冒出來似的。

難不成，之前聽到的聲音，就是從旅行箱發出來的？

我小心翼翼的靠近，鼓起勇氣把箱子拉出來。對還是小孩子的我而言，這個旅行箱非常重，我差點就要失去平衡，一屁股跌到地上。旅行箱很古老，稜角磨損，整個髒兮兮的。把手上有一個吊牌，湊近看，吊牌上寫著「米可」。雖然當時的我只看得懂幾個字，但還是知道，接在後面的文字是「的東西」。

米可……的東西。

突然間，我有種房間裡出現了誰的感覺，忍不住顫抖。我看了看四周。

「米可的東西，米可的東西……」

米可是媽媽的名字。

「媽媽的東西。」

喃喃念出這幾個字之後，我的呼吸開始急促，心臟劇烈跳動起來。我蹲下身體，用睡衣的袖子抹掉旅行箱上的灰塵，解開鎖釦，掀開蓋子。這時，一股像塵埃、像潮溼空氣，又像是清涼薄荷的氣味，濃郁的飄散出來。往箱子內一看，裡面有手套、帽子、枕頭、書，

還有筆之類的小東西。我將箱子裡的東西一個個拿出來，舉到月光下觀察。

我撐開壓得扁扁的帽子，戴到頭上。這頂帽子現在是髒髒的灰色，就像是有點多雲的天空，但它原本一定是水藍色才對。皺巴巴的帽簷軟趴趴的垂到臉上，薄荷般的氣味立刻竄進鼻孔，害我差點打起噴嚏。

接著，我拿出一本書。是一本沉甸甸，皮革材質的封面已經快要破損，上面黏著不知是髒污還是霉斑的古書，文字也無法辨識。我把手放上封面，想翻開，但紙張已經受潮，所以打不開。我嘗試用力扳，還是扳不開，最後只能放棄，把書放回箱子裡。就在這時，醒目的白色枕頭映入我的眼簾。

這是米可的枕頭嗎？

我的媽媽曾經靠在這上面睡覺嗎？

一名女性靠在這個枕頭上睡覺的畫面，隱隱約約浮現在我的腦海。不知道為什麼，我突然覺得害怕，身體開始顫抖。

聲音似乎就快要從喉嚨深處衝出來。

我緊緊抱住琵塔，慌忙放回所有東西，蓋上蓋子，把旅行箱推進櫃子底下，然後跑回自己的房間。

「那是媽媽的東西！那是媽媽的東西！」

我鑽回被窩，用雙手摀住臉，大口大口的喘氣，同時不斷喃喃自語。後來，當我回過神，已經是早上了。

昨天晚上在閣樓裡看到的，說不定只是一場夢，又或者是我自己睡迷糊了。在白天的光線中，記憶變得越來越模糊。

我湧起再去一次的念頭。於是，當天晚上，我又爬上閣樓。那果然不是夢。櫃子下的確有個旅行箱。我打開箱子，拿出米可的枕頭，抱在懷裡。這一次，我不再害怕。

在那之後，每當我睡不著覺，就會瞞著塔西歐起床，抱著琵塔，躡手躡腳的往閣樓走，聞著像薄荷一樣的奇妙氣味，從旅行箱裡拿出枕頭緊緊抱住，並且把臉埋進去。此外，我還會撫摸長霉的古書，把帽子戴到頭上。只要這麼做，那天晚上就能睡得很熟。

這樣的日子持續了好一陣子。某天夜裡，我再度睡不著，於是又踩著樓梯爬上閣樓。從那裡的天窗望出去，月亮正露出半張臉，皎潔的光撒進房間，如同淋下蜂蜜。

我和往常一樣，抱著枕頭把臉湊上去。就在那時，遠方突然傳來某種……像是某人在唱歌的聲音。我集中精神，仔細聆聽，發現那個聲音好像來自自己的身體

裡。我趕緊用雙手抱緊枕頭。

你的另一半，
由你找出來——
你的另一半，
為了你自己——
你的另一半——

歌詞反覆唱著「另一半、另一半」，如同無止境的迴聲。歌聲斷斷續續，沒辦法完整聽出歌詞。在我努力想聽清楚的過程中，歌聲變得越來越小，最後再也聽不到。我打消念頭，把枕頭放回原處，下樓回到自己的房間，爬上床鋪。

隨著我逐漸長大，就算不上閣樓，那段帶有節奏感的歌詞也會不經意間在耳邊響起。

沒記錯的話，我滿六歲的時候，發生過這樣的事……

夜裡，正準備上床睡覺時，隔壁家瑟莉娜阿姨宏亮的聲音，穿過玻璃窗闖進來。

「塔塔，快看，快看，好漂亮啊！快點出來看月亮！」

我嚇了一跳，連鞋也不穿就跑到庭院。瑟莉娜阿姨從籬笆上探出頭，伸手指向天空。

「妳看，是不是很漂亮？今晚的月亮特別大喔。這麼大的月亮很少見。喏，而且好圓好圓，特別的圓。妳看。」

有時候，瑟莉娜阿姨會硬拉著人，完全不考慮對方的感受。我很不喜歡她這樣突然把人叫出來。

「是喔，在哪裡？」

我不耐煩的抬起頭，不小心沒有踩穩，跌坐到地上。

「好痛！」

我故意發出誇張的哀號。

「唉呀！」

瑟莉娜阿姨連忙打開木門，伸出一隻手要把我拉起來。同時，用另一隻手指向天空。

「妳看，月亮就在那邊的樹林上，是不是很圓呀？」

我粗魯的揮開她的手。

「不圓！」

我大吼出來的瞬間，心中冒起一把無名火，就這樣躺在地上，雙腳使勁踢個不停。

「塔塔，妳仔細看。月亮是不是好圓好圓，就像大大的橘子？」

瑟莉娜阿姨摟住我的肩膀，扶起我，並且用另一隻手朝上指幾下。

我故意粗魯的揉眼睛，用力把臉往上抬，還讓脖子發出「喀」的聲響。

「不圓，一點都不圓啦——！」

瑟莉娜阿姨看著我的臉，似乎不知道該怎麼辦。

「唉呀——怎麼會呢……不是很圓嗎？塔塔，妳再好好看看。」

「看過了啦……就是不圓。」

我不高興的鼓起臉頰。誰叫月亮真的只露出一半，根本不是圓的。

這樣像極了說謊的人……總覺得好難過。眼淚冷不防的落了下來。

「好好好，我知道了！是啊，一點也不圓！」

瑟莉娜阿姨連忙抬起手，來回揮幾下，像是要趕走空中的月亮。

「抱歉啊，塔塔，特地把妳叫出來。好了，我們回房間吧。」

她拉我起來，跟著我回到房間，直到我躺在床上睡著為止，她都一直陪在旁邊。

這件事之後，我變得很討厭滿月。

每到滿月，大家就會沒來由的大呼小叫。

「喂，快看，今天是滿月耶。」

「又大又圓，好漂亮喔。」

「月亮姑娘真的很漂亮呢。」

不論小孩還是大人，都高高興興的看著天空。

每次看到他們那樣，我就會生起氣來，反駁他們：「才不是。月亮一點也不圓，明明就只有一半。」

「唉喲，塔塔，妳再仔細看。今天是滿月，月亮不是圓滾滾的嗎？不要亂說喔。」

大家都用不悅的眼神看著我，好像覺得我腦袋只有一半。但是，不管他們再怎麼解釋，月亮在我的眼裡，的確就是只有一半，所以我也不知道該怎麼辦。我的眼睛一點問題都沒有！把蛋拿到我眼前的話，我一定會說那是蛋。換作蘋果，在我看來也是又紅又圓，這些都跟大家一樣，只有月亮不同。

有一次，我在住家附近的鞋舖看到一幅月曆，月曆上畫著各種形狀的月亮。

「這是……月亮嗎？」

「是啊，這是月亮曆。」

鞋舖的老闆叔叔指著月曆上一個個月亮說：「月亮曆告訴我們，月亮每天都會一點一點的改變。」

我湊過去，仔細觀察。

如同老闆叔叔所說，月亮一開始細細長長的，接著越來越胖，變成半個圓，再變得圓滾滾的。然後，又逐漸瘦下來，最後甚至會完全看不見……從月亮曆上看起來，似乎是這個樣子。

老闆叔叔說：「小姑娘，今晚會出現眉月，細細長長的，很漂亮喔。到了晚上，妳也抬頭看看天空吧。」

「嗯。」

我點了點頭。那天晚上，我打開窗戶，抬頭看向夜空，天上掛著半圓形的月亮。鞋鋪的叔叔明明告訴我今天會是眉月，但我看到的是半個月亮——這一刻，我徹底明白了。不管哪個日子，我的月亮永遠都是半圓形。雖然有時候會被雲遮住而看不到，但只要月亮露臉，就只會是半圓形，不可能是滿月或眉月。在那之後，我終於再也受不了，把自己的月亮藏到眼睛深處。

後來在某一天，瑟莉娜阿姨突然告訴我：「我想起來了。妳出生的那一夜，天快要亮的時候，月亮就高高掛在空中，好亮好亮。這麼說來，那時的月亮就是半圓形的，而且漂亮得不得了呢。潔白又燦爛，照亮了夜空。米可抱著剛出生的妳，和我一起看天空。我永遠也忘不了那個夜晚。」

聽她這麼說後，當天晚上，那首歌又不經意的在耳邊響起。

你的另一半，

由你找出來——

你的另一半，

為了你自己——
你的另一半——
你的另一半……另一半、另一半……「你」

是指自己嗎？應該是這樣沒錯。

瑟莉娜阿姨說，我出生的那個夜裡，月亮正好也只出現一半；每天晚上看向天空，月亮總是只有一半。再加上，那首歌也一直唱著「另一半」。「一半」這個概念，總是緊緊跟隨著我。

我是個只有一半的人。我沒有媽媽，連父母也只有一半。

想到媽媽，不知道為什麼，我回想起大人曾說過，但被我遺忘的話……

「妳爸爸啊，真的很疼惜米可。米可過世的時候，他傷心得不得了。幸好還有妳在。塔西歐算是被妳拯救了呢。」瑟莉娜阿姨說這段話時，語氣充滿了懷念。

雖然我不了解「被拯救」的意思，但我很清楚，塔西歐總是很關心我，只要稍

有一會兒沒看到我，便會開始到處找人，找到了就會露出鬆一口氣的表情。

塔西歐有時候還會用「米可」叫我，不曉得他是不小心弄錯，還是故意的……

沒記錯的話，在我剛滿十歲的時候吧。某一天，在被春陽晒得暖洋洋的房間裡，塔西歐突然告訴我……

爸爸跟米可啊，是在車站前的一間咖啡店認識的。那一天，她就坐在爸爸旁邊的座位。她看了爸爸一眼，笑了笑，所以爸爸也對她笑一笑。米可的笑容好溫柔！而且，那雙深綠色的眼睛也好漂亮。那天之後，我們有時候碰到面就會聊個幾句。漸漸的，我們越來越要好。米可留著蓬鬆的紅棕色頭髮，身材跟剛長出來的小樹一樣細瘦。

米可說起話來，聲音舒服得不得了，把爸爸給迷住了。她就算只是正常說話，聽起來也像是在唱歌，那聲音相當討人喜歡，就像從清澈的水底浮上來的小小氣泡。每次道別後，那晶瑩剔透的聲音仍然一直留在耳邊，讓爸爸覺得好幸福。

爸爸就這樣墜入了愛河，滿腦子都是米可。米可也說她很喜歡爸爸，所以三個月後，我們便結婚了。

米可告訴爸爸，她來到這座城市之前，總是帶著旅行箱，一個人漫無目的的到處旅行。

「我一直有種想前往某個地方的念頭。而且，有個真的很想去的地方。本來打算一直旅行下去，直到找到那裡為止，然後，就在從列車窗戶看見這座城市的瞬間，我立刻明白，就是這裡了！於是，我匆匆忙忙下車，在這裡住了下來。」

米可笑著說下去。「說下車就下車，是不是很隨興啊？不過對我來說，這樣的心情非常重要。我能感覺到，接下來會發生相當美好的事情……你看，我不是就在這裡與你相遇了嗎？我想去的地方，一定就是這裡了，絕對不會錯。」

她說著，將空著的手往前伸，如同一把抓住什麼似的，然後放了下來。接著，她在我的面前張開那隻手，並且泛起笑容。

就在那個當下，我聞到一股很香的氣味。我的整個世界看起來都閃閃發光。

爸爸想要更加了解米可，所以在跟她結婚之前，問了她一些問題。

「妳從哪裡來的？」

「一片很大的森林。」米可淡淡的回答。

「那片森林在哪裡？」

「很遠的地方。」

「妳的父母住在那裡嗎？」

「對，但我都是獨自一人。」

不知道為什麼，她只回答到這裡，不肯透露更多。對話彷彿硬生生的截斷。

米可說自己的父母住在那片森林，又說自己是獨自一人，聽起來真矛盾。其中或許有什麼理由，但爸爸決定不再過問，只要米可在身邊，爸爸就很幸福了。

城市裡的人，這麼描述米可：「說也神奇，只要和米可聊個幾句，原本擔心的事便會逐漸消失，而且開始覺得不會有問題，就好像魔法一樣。我跟米可說謝謝，她會說『這是禮尚往來』，明明是我單方面接受她的善意呀。」

「我是個新手媽媽，家裡的寶寶哭個不停，我不知道該怎麼辦，這時候，米可輕輕為寶寶唱歌，就像在吟唱咒語。我還記得她唱著『一起哭的話……眼淚就會停……』，聲音非常悅耳，我第一次聽到那樣的歌曲。一進入耳朵，我整個人就放鬆了下來，後來，那句歌詞成了我的咒語，就算到了現在，我還是會在難過的時候唱。」

「我總覺得，米可是不是會魔法？不是故事裡常見的那種把壞人變成石頭，也不是把水變成酒的魔法。跟她說話的時候，我總會覺得體內產生好多勇氣，並且聞到某種很香的氣味，覺得好放鬆。我想，米可就是擁有這種魔法般的力量。除此之外，我想不到其他解釋。」

米可受到城市居民的喜愛，爸爸也從她身上得到數不清的力量。再說，她還生下了妳這個可愛的女兒。

說不定米可真的會魔法，而且是能讓人幸福的魔法。她真是一個特別的人……啊，說也奇妙，以前我早上打開窗戶時，會有一股特別清新的味道乘著風飄進來，像是薄荷……總之，當氣味飄進來時，米可會把頭探到窗外，大大吸一口氣。每當她這麼做，便會有一隻烏鴉從某個地方拍著翅膀飛過來。更有意思的是，烏鴉停到庭院裡的楓樹上，「嘎」的叫一下之後，米可也會笑起來，模仿牠「嘎」的叫一聲，如同在打招呼。

然而，在妳出生的兩年後，米可開始常常生病，身體時好時壞。

某一天，她從床上坐起來，從窗戶望著遠處，低聲說：「得出發了。」

「妳要去哪裡？」爸爸訝異的問米可。

「森林。」

「妳以前待的森林嗎？」

「對，我的森林。」

「在哪裡？」

「很遠的地方。」

「以妳現在的體力，根本沒辦法出遠門。要去的話，我也一起去。」

「不需要，我一個人去。我想要自己去，希望你能理解。我得趕快出發才行。」

當時的米可和平時很不一樣，語氣相當堅定。

爸爸很想問下去，但是，她看起來實在太過認真，爸爸害怕要是再追問，她可能永遠不再回來。

「我知道了。妳去吧，照顧好身體。不用擔心塔塔。」

就這樣，爸爸懷著擔憂的心送她出遠門。當時的我只能尊重米可的決定，沒有其他選擇。爸爸想要當個體貼的丈夫……

在那之後，只要米可早上起床時的身體狀況不錯，她就會外出。不過，她總是會在當天傍晚回到家裡。雖然她說過要去「很遠的地方」，但也許並沒有那麼遙遠吧，爸爸這才放心下來。

米可外出回來後，氣色總是變得非常好，所以爸爸猜想，森林也許對米可的身體很有幫助。

「妳去森林做什麼？」

爸爸終究還是忍不住好奇，問了米可。

「去聊天……」

米可有點為難的笑了笑。

「聊天？跟誰聊天？」

「一個人聊天。」

「聊了什麼？」

「自言自語。就像松鼠把栗子埋進地裡，我也把自己重要的話埋在森林裡。」

她難為情的聳聳肩，接著說下去。「我想，總有一天會有人發現它們。」

把話埋起來……是什麼意思，爸爸不太懂，但是我也不敢問太多，既然可以讓米可的心情變好，那外出就是一件好事。不過，爸爸也覺得有點寂寞，我明明就陪在她的身邊，她卻選擇自言自語……

塔西歐似乎回想起什麼，將目光移向遠處，不再說話。

「爸爸，我問你。記不記得媽媽還沒生病前，或是我出生時的事？」

「當然記得。妳出生的時候，我們真的非常高興。要說米可有多疼愛妳，每天晚上睡覺時，她都會用兩隻手抱著妳輕輕搖，對妳說話喔。她會對著妳小小的耳朵，唱歌似的說悄悄話，有時候還會笑出聲音。

她曾經開心的告訴我，妳雖然還只是個小寶寶，卻很努力的聽她說話呢。

米可實在是個很奇妙的人，所以就算到了現在，爸爸都還覺得她總有一天會回來。爸爸覺得寂寞時，也會念『一起哭的話——眼淚就會停——』這句咒語。」

「爸爸，你知道媽媽對我說了什麼嗎？」

我聽了塔西歐的話之後，開始按捺不住。

「不知道。米可說那是祕密，所以沒有告訴我。」

塔西歐嘆了一口氣，繼續說下去。

這麼說來，還發生過這樣的事。印象中是妳三歲的時候吧……我跟米可和妳在外面散步，妳突然自個兒跑了出去。市中心不是有一棵很大的樹嗎？妳就跑到那棵樹下，整個人抱住粗粗的樹幹，然後像是躲貓貓裡的鬼，整個頭靠上去，窸窸窣窣的說著聽不懂的話。最後，妳還說了一句「塔塔，這是我們的祕密約定喔」。這句話我就聽得很清楚了。妳說完，回頭看向我和米可，露出笑容，興高采烈的告訴我們，妳跟塔塔做好了約定。

米可一聽，反覆說了好幾次「約定好了嗎？真是個好孩子。那就不會忘記了吧」，說著便流下了大顆大顆的眼淚。她用力抱住妳，好一陣子都沒有鬆開。雖然爸爸覺得，跟自己約定這種說法很奇怪就是了……

就在那時，經常來家中庭院作客的那隻烏鴉飛到樹頂上，高亢的叫了一聲，接著就飛走了。

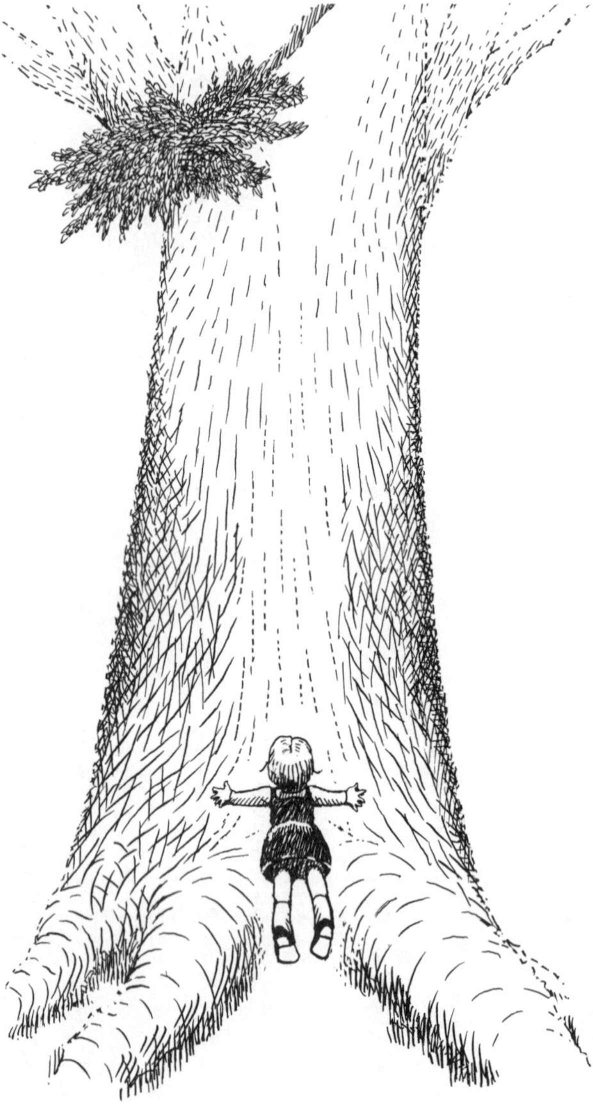

當時發生的事情，爸爸記得非常清楚，就好像把那些事都畫了下來。雖然爸爸沒有聽到妳向大樹做了什麼約定，但米可應該聽到了，因為啊，她那個時候看起來非常高興。

那之後沒多久，米可便去天國了。她也許早就知道自己要離開人世了吧……

塔西歐說完，長長嘆了一口氣，看向窗外的遠處，眼中有點溼潤。

「跟自己約定，太奇怪了吧？我到底做了什麼約定啊……」

「這個嘛……大概只有米可知道了。」塔西歐低聲回答。

忽然間，某處吹來一股潮溼的風，使我打了一陣哆嗦。

「爸爸，我好冷。幫我摸背。」

「咦！」塔西歐嚇了一跳，直直的看著我。

「怎麼回事，陽光不是很充足嗎？」

「我的背好冷。」

塔西歐沒有再說什麼，將手放到我背上，開始摩擦。他的手掌好溫暖。

「現在沒事了。」我這麼說道。

「太不可思議了……米可以前也常常說背很冷。我幫她摸背之後，她也會說『沒事了』。不過，自從她開始去森林之後，就再也沒說過，想不到妳也說了一樣的話……果然是米可的女兒呢。」塔西歐的表情皺了起來，看上去像是在笑，又沒有笑。

聽塔西歐說了這些故事，我變得更常獨自在房間裡思考。我會凝視鏡子裡的自己，同時在腦海中想著米可。

我很像米可？該不會，我其實跟她一樣，也有魔法般的神奇力量……怎麼可能，別開玩笑了。像我這種任性的女生會有特別的力量……不可能不可能，絕對不可能。

思考到最後，我總是會揮一揮手，像是要抹掉鏡子裡的自己。

有一天，我突然——真的就是這麼突然——覺得塔西歐好煩。他對我說話時，我會毫不掩飾的把頭撇向一旁。雖然連我自己都覺得很奇怪，但就是忍不住想這麼做。

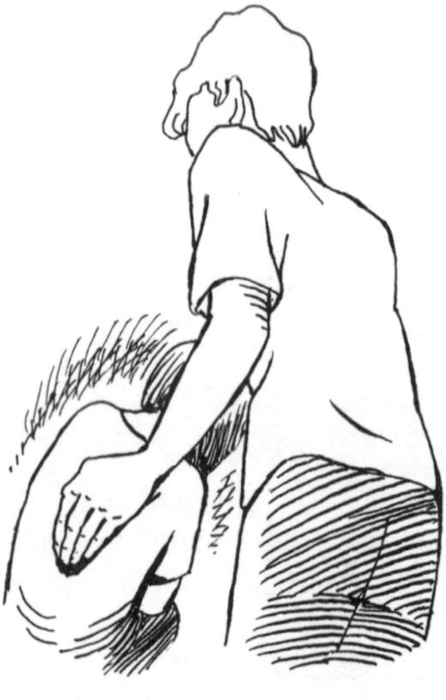

米可過世後，爸爸一直把我照顧得好好的。他會陪我外出，告訴我很多事

情……但是，我已經不再喜歡他這樣。

瑟莉娜阿姨跟我說：「每個快要長大的人，都會得到『不要不要病』。不過，這種病很快就會好，因為啊，他可是妳最喜歡的爸爸嘛。」

然而，我只覺得塔西歐越來越討厭，光是看到，就忍不住想跟他吵架。

有一次，我走在街上，突然看見塔西歐在對面，揮著手對我大喊：「塔塔，可愛的塔塔，妳要去哪裡？」

他一說完，附近的人統統把頭轉向我這裡。我趕緊裝作不認識他，鑽進轉角。竟然當著那麼多路人的面，大聲說自己的小孩很可愛，他的腦袋絕對有問題！我再也受不了了！

就在那一刻，我決定要當個「不可愛的孩子」。

當我滿十二歲時，已經徹底變成「不可愛的孩子」。

不論是在家裡還是學校，只要是大人說的話，我全都唱反調，而且還會故意做大人討厭的事。

首先，我著迷於衣著。閃亮亮的緞帶、層數多到數不清的蕾絲裙、密密實實的碎褶……我把自己打扮得誇張顯眼，彷彿故事裡的公主。反正塔西歐之後會付錢，所以不論是什麼樣的店，都任我吩咐。我不會因為還小，就隨便打扮。沒有人管得了我，我穿上自己挑選的昂貴衣服，走到路上得意展示。只要有人上前搭話，我就會大肆炫耀。我成了愛現又傲慢的討厭女生。

一段時間後，我對那些衣服失去興趣，開始想把自己弄得怪裡怪氣，變成根本不會有人想打扮的古怪模樣！於是我換上短得不能再短的裙子，把上

衣剪出一個圓洞露出肚臍，拆掉一邊的袖子……極盡所有想得到的古怪造型，大搖大擺的走在路上。

當然了，化妝這道功夫也不可少。我把眼睛周圍塗得黑漆漆，臉頰塗得紅通通，嘴唇塗得銀閃閃。有時候還會在眼睛底下畫眼淚，或是剃掉半邊頭髮，露出半個光頭，就像是我出生時掛在天上的半個月亮。

塔西歐的表情很明顯希望我別再搞怪，但我完全不理。結果，他反而不是很有自信的來問我：

「現在流行這樣打扮嗎？」

他勉強自己裝作通情達理的父親，這讓我更加討厭。

瑟莉娜阿姨起初還很雞婆，會把我那些古怪的

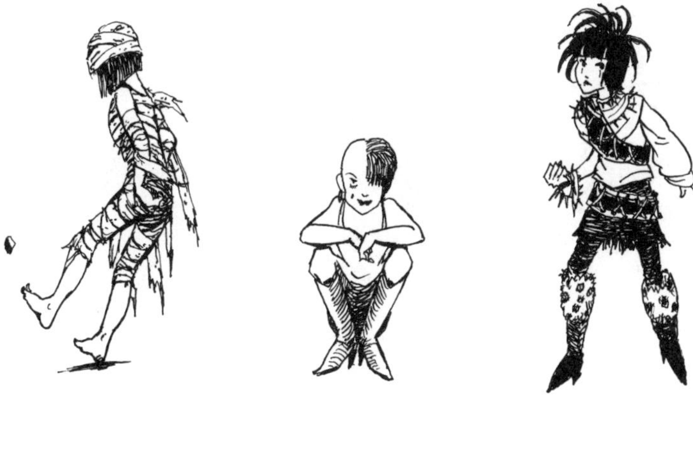

衣服藏起來，或是把我抓過去，試圖抹掉我濃濃的口紅之類的，想要打消我作怪的念頭。但是她後來發現，這麼做只會使我的行徑更誇張，所以似乎放棄了。儘管如此，她三不五時還是會看著我，嘀咕「可憐的孩子」。

對啦，我是個可憐的孩子，妳知道就好。

我變成了城市居民口中的不良少女。大家在路上看到我時，都會紛紛避開，甚至還有人說：「魔女生的孩子，果然就是這樣。」

我開始厭惡所有人。走在路上時，我會故意去撞從旁經過的人。要是對方不高興的說了什麼，可就正中我的下懷，讓我逮到機會頂嘴。我還會坐在路邊，惡狠狠的瞪著來往的行人。看到一臉幸福的小孩時，就會想要搶走那個小孩的東西，並且在腦中規畫怎麼搶，然後暗自竊喜。不過，等到我準備好實際行動時，十之八九又已經失去了興趣。

我的心像個刺蝟，長滿尖銳的刺，每天都在跟整個世界吵架。

究竟為什麼會變成這樣，連我自己都覺得很奇怪。但是，我越思考，只會越想當個壞孩子。

即使在這種情況下，我的耳中還是會響起「另一半、另一半」的歌聲。反正我就是個缺了一半的人啦。月亮只看得到一半，父母只有一半，就算體內流著魔女的血……八成也只有一半。在半個月亮的清晨出生的缺半少女……所以呢？那又怎樣？

後來，終於連我自己也厭倦了當個壞孩子。

某天晚上，我久違的爬上閣樓。仔細想想，我早已過了還要緊緊抱著枕頭的年紀，上次去閣樓已經是好久以前的事了。

我靜悄悄的爬上樓梯，打開閣樓門，明亮的月光從天窗照射下來。我想也沒想便拖出米可的旅行箱。掀開上蓋的瞬間，薄荷般的氣味立刻鑽進我的鼻孔，就和以前一模一樣，讓我有點懷念。這時，我注意到那本髒兮

兮的古書。拿起來一看，上面的霉和灰塵聚集成塊，封面還是一樣硬梆梆的。我用睡衣的袖子使勁抹了一下，幾個纖細柔弱的字便淡淡浮現出來，寫著「終點之門」。

這是什麼？「終點之門」是什麼意思？

既然說是終點，不就代表已經結束，再也沒有路了？在路的終點有一扇門，是這個意思吧！所以說，因為這裡是結束的地方，才要把門關起來嗎？還是說，結束之後，門會再次打開？走進開啟的門之後，是不是就回不來了？這樣也有道理啦，畢竟都已經結束了，當然就沒辦法回來。碎掉的盤子也沒辦法重新拼回去，有形體的東西，一旦壞掉就結束了。人也是同樣的道理，一旦死了就結束，沒有辦法復活。如果那扇門能夠開啟，讓死去的人活過來，不知道會有多好……不過，那是不可能的。

這本古書上的文字讓人摸不著頭緒，看著看著，我的心裡逐漸產生怒氣。我粗魯的想扳開書頁，但紙張大概是因為受潮而黏在一起，根本掀不起來，即使加大力道，試著從不同的施力點扳開，仍舊閉得緊緊的。

我終於不耐煩，把書扔到地上。結果，書竟然「啪」一聲打開了。這是怎樣，在戲弄我嗎？我拿起書來，打算用力闔上。就在這時，一行工整的字映入我的眼簾：「二二者將合為一，一者將分為二。」

二者將合為一，一者將分為二……這是什麼莫名其妙的話！在跟我開玩笑嗎？

我想看看書裡的其他內容，想翻開其他頁。可是不管怎麼嘗試，其他頁就是黏得緊緊的，像是在抵抗。我的火氣一來，乾脆大力扯開，還是沒有用。最後，我再也沒有耐性，朝封面用力一拍。結果，書發出小小的啪啦聲，再度翻開。喂，這本書的脾氣也太拗了吧！這次翻開的書頁上，有像糾纏的毛線般歪七扭八的手寫字，寫著

「回憶正在等待」。又是一句看不懂的話。

回憶就是指過去的事情吧。過去的事情在等待我？什麼跟什麼啊，難道我追上去，就能追到回憶嗎？根本不可能嘛！

不過，如果回憶真的在等我……我的確會想追尋看看，那些自己所不知道的回憶。

我已經快要十五歲了，總不能老是當半吊子的不良少女。

不如一個人生活看看吧——冒出這個念頭的瞬間，心中便湧起想獨處的衝動。沒錯，離開這裡，找個地方去吧。腦袋一開始轉動，便再也停不下來。雖然塔西歐和瑟莉娜阿姨八成會驚慌，不過，那根本無所謂。

那麼，要去哪裡呢？不管去哪裡都好。我想前往某個地方。

我再也坐不住，抓著《終點之門》便衝出閣樓。

我完全不認為自己會因為出遠門就有所改變，也不覺得人會這麼輕易的改變。

說是這麼說，但說不定，能在旅程中發現過去沒看到的事物。

跟塔西歐好好說一聲後，就出發吧。

回到自己的房間，我開始寫信。

我決定要獨自出去旅行一陣子，這是我仔細思考後做出的決定。我不會有事的。千萬不要來找我，或是打聽我的下落。完全不用擔心我！那麼，後會有期。

寫好信，我連夜為接下來的旅行做準備。

這是我自己做的決定，所以什麼事都得自己打點。如此理所當然的道理，對我來說卻很艱難。首先，既然要一個人行動，便得把琵塔留在家裡。一想到這一點，決心立刻大為動搖。我從來沒有跟琵塔分開過，往後的日子少

了它，自己真的可以嗎？心很快軟弱下來。當初左思右想不知多少次，經歷數不清的猶豫和掙扎才終於下定決心，沒想到由自己思考並做出決定是這麼的困難……

至於旅行的服裝，我挑選了黑色的窄裙、合身的輕便上衣，以及樸素耐穿的低跟鞋。若不打扮得成熟一點，看起來至少像個十七歲的少女，到時候被誤以為是離家出走的小孩可就麻煩了。不過，我已經比以前長高不少，應該不用擔心吧。我在背包裡裝進因應氣溫變化所需的最低限度衣物、一直收在包包裡的筆記本和鉛筆，還有水壺和零零碎碎的日常用品。為了在任何地方都能睡覺，我還準備了睡袋。另外，我把自己所有的錢裝進小提包，斜背在身上。

「琵塔，抱歉，我一定會回來的。」

我低聲這麼告訴琵塔後，將《終點之門》也塞進背包。

剛進入夏天的某個早晨，趁著天色還沒有亮，我將寫給塔西歐的信放在桌上，不聲不響的離開家。

前往何方

正式踏上旅途，我踩著比平時稍微快一點的腳步，走在還看得到晨露的道路上。在微微泛白的天空下，路燈朦朧的照亮周圍。為了避免被看見，我決定越過兩座矮丘，去隔壁城市的小車站搭車。

來到車站後，站務員隔著小窗口看向我。

「真早啊。妳要搭去哪裡？」

啊，都忘了必須買票才能搭車。我急中生智，伸手指向掛在牆上的路線圖，告訴他「下一班車的這裡。我要搭到終點站」。順利回答出來後，才鬆了一口氣。

「下一班車的話，再過十分鐘左右會進站。妳一個人搭車嗎？這班車預計在下午五點三十五分抵達終點站，路程很長喔。」

我沒多說什麼，只是點點頭。

這時，我想起塔西歐以前訴說往事時，提到米可說過：「我一直有種想前往某個地方的念頭。而且，有個真的很想去的地方。本來打算一直旅行下去，直到找到那裡為止。」

我也這麼做吧。前往某個地方。不斷前進，直到找到為止。

只有一節車廂的列車，沿著軌道搖搖晃晃的進站了。我拉開門，看到座位上稀疏疏的乘客。放下背包，在最後一排坐下。列車很快動了起來，從窗戶看出去，唯一的軌道離我越來越遠。

啊，動了。我正在前進。原來我也正在前進，一個人的旅行終於開始了。先前翻越過的山丘路，在遠處依稀可見。

在軌道旁割草的人直起身體朝這裡揮手，我也稍微抬起手，動了動手指。這麼做之後，遠處的樹木看起來也像在揮手，還有更遠的山也是。時間明明和平常一樣流動著才對，但是像這樣搭車快速行進時，就有種自己在駕駛時間的感覺。一產生這種想法，我便開始緊張，全身也變得緊繃。

車窗外的風景一刻也不停歇的變換，每一幅景色對我來說都很新奇。欣賞的過程中，時間也逐漸流逝。列車在夕陽毫無阻攔的照射下，將影子拉得好長好長，照這樣看來，我正往西邊前進。「方位」這個概念是如此的理所當然，我從來沒有好好思考過，現在終於意識到這一點，讓我高興得抬高了下巴。好不容易，隨著「終點站到了，終點站到了」的廣播，列車駛進一個很大的車站。這一路上只停靠過六個車站。車廂內稀稀疏疏的乘客一齊起身，動了起來，我也趕緊背起背包，踏上月台。

下車後，我頓時呆站在原地，不知該如何是好。在長長的月台盡頭，能看見挑高的站內建築。在搭著列車移動的期間，內心明明那麼充實，列車一停下來，整個人便立刻感到不安。接下來該怎麼辦呢？

這時，月台對面開來一列空蕩蕩的列車。那輛列車和我先前搭的單節車廂不同，有好多節車廂，而且似乎是以這個車站為起點，開往某個不知名的地方。旅客們帶著大件大件的行李，依序上車。

妳不是想要前往某個地方嗎？

沒錯，我是這麼打算，那就繼續搭車吧。於是，我連目的地都不知道，便搭上那輛列車。

過了一會兒，列車開始行駛，周遭漸漸暗下來，窗外路燈的點點照明不斷往後退，最後，連路燈的光也完全消失，四周陷入一片漆黑。隔壁的乘客垂下頭睡覺，讓我也跟著睏了。

「這位乘客。」

有人拍了我的肩膀，於是我睜開眼睛。原來是車掌來到了座位旁。

「請出示車票。」

「啊！」我的身體瞬間無法動彈。怎麼辦，現在該怎麼辦？

「對不起，我只有這張……我是轉車過來的。」我從口袋裡掏出車票。

「妳要搭到哪裡？」

「終、終點站。」我慌慌張張的回答。

「一個人嗎？」

「是的。」

「那麼，到站時記得要補票啊。」

「好。」

「小姑娘，妳沒問題嗎？去那裡做什麼？」

這一次，我很快的開口回答。

「我要去探望奶奶。」

這只是臨時想到的謊言，但為了避免車掌起疑心，我睜大眼睛盯著他。

「這樣啊。終點站很遠喔，明天白天才會到，妳一路小心啊。」車掌說完，便轉身去查下一個乘客的車票。

我總算鬆一口氣。

「終點站……」我在口中小聲低喃。「這班車的終點站也很遠。不過，就搭搭看吧。」

我對「終點」這個字眼產生了好感。即使不知道城市的名字也沒關係，只要是列車，就一定會有終點。抵達終點站後，想必能再從那裡搭上另一班列車。就這樣一班一班的搭下去，不斷前往下一個終點站，直到自己心滿意足為止吧。要是在途中又被問到，一樣再說「我要去探望奶奶」就行，只要這樣回答，應該就不會有人再追問下去。

於是，我在車上過了一夜。列車如同車掌所說，在第二天的白天抵達終點站。

在那之後，我又接二連三的換搭列車，並且在途中啃著在車站商店買的餅乾，喝了牛奶。有的列車很快便抵達終點站，有的則行駛好久才抵達。就這樣，我任憑列車越過山嶺，穿過濃霧，經過城市和村莊，前往軌道所延伸到的地方。在這個過程中，我像是逐漸走進迷宮的深處，漸漸不曉得自己到了哪裡。

離開家到現在，已經過了多久呢？塔西歐看到我空蕩蕩的床鋪，讀過我留下的信之後，肯定會嚇一大跳吧。一想到這裡，胸口便揪緊起來。儘管如此，我還是繼續前進。

在搖晃的列車上睡覺相當舒服。當列車深夜抵達終點站，直到天亮為止都沒有車可搭時，我就會在候車室或月台上睡覺。車站裡還有其他過夜的人，所以我感覺很放心。說也神奇，雖然以前的我總是很不容易入睡，但現在不管到哪裡，都睡得很安穩。

這天的列車又是末班車。下車後，車站立刻關門，將我趕到夜晚的鎮上。

雖然我拜託了站務員，請他讓我在裡面過夜，但是站務員要我去找車站前的旅舍。旅舍啊……總覺得那裡的人會問一大堆問題，讓事情變得很複雜。我站在車站前，看著其他人各自踏上回家的路。遠處有好幾片亮著光的窗戶，那裡大概是某個人的家，一家人正圍著餐桌吃晚飯……當這個念頭閃過腦海，我的心底便發出一陣擠壓聲，淚水隨著湧上眼眶。我用力抿住嘴唇，不讓自己哭出聲來。這時……

你的另一半，由你找出來

你的另一半——

那首熟悉的歌突然在耳邊響起。我踏上旅途後，第一次發生。

我現在已經搖搖晃晃的快站不住，根本沒有力氣再去找東西，更何況心情還低落到谷底。不可能，根本不可能。再說，到底是要找什麼啊？

我踩著不穩的腳步，走到車站屋簷下的長椅，一屁股坐下。

「妳也是在等明天的列車嗎？」

隔壁有人開口說話。我轉過頭去，發現長椅上坐了一個人，嚇了一跳，但還是趕緊點頭。這個人駝著背，並且用灰色披肩把自己龐大的身體整個罩住，只稍微露出一點臉頰，透過蓋在花白頭髮下的眼睛，筆直的注視我。

似乎是一位老奶奶。

「距離第一班列車也沒有多久，所以當然在這裡等。妳也一樣吧？」

我點點頭。

「外面會冷，靠過來一些。夜晚可不是好應付的，妳要多小心啊。」

老婆婆拉開披肩的下襬，似乎是要我鑽進去。她的眼睛也亮著深綠色的光，對我發出呼喚。

「不、不需要了……我自己也有。」

我把捆在背包上的睡袋卸下來，攤開來蓋在大腿上。

接著，老婆婆又在身上摸索一陣，然後不知從哪裡掏出一顆糖果，打算塞進我的手中。

「要不要來一個？」

「不用。」

由於發生得突然，我趕緊縮起手來。

「沒什麼好害怕的。只是一顆糖果而已，不是什麼毒蘋果。」她說道，綠色的眼睛同時發亮。

既然她都這麼說了，我也不好意思再拒絕。於是，我小心翼翼的拿起糖果，放入口中。

薄荷般的香氣在口中散開，一路竄進喉嚨深處，原本因為緊張而僵硬的胃部，瞬間變得輕盈許多。

「怎麼樣，身體是不是放鬆下來了？妳其實一直很害怕吧。」老婆婆看著我，一臉滿意的點頭。

「呃，嗯……」

我不情不願的應聲，沒有再說任何話，只是默默的瞪著她。

不用妳多管閒事。

「別那麼兇，別那麼兇。」

老婆婆稍微把披肩往上拉，然後發出「呵呵呵」的笑聲，彷彿看透了我的心思。

「……」

我在口中滾動一下糖果。

「就算是一顆糖果也好，只要互相給點東西，氣氛就會不一樣，我的心情也會輕鬆許多喔。」

老婆婆說完，把身體轉向別的方向，開始喃喃自語。

「是我多管閒事。真的是，多管閒事啊……」

她的披肩下再度傳來輕笑聲。

「我要去探望奶奶。」

先前已經用過好幾次的藉口，突然從我的嘴巴裡蹦出來。

「喔——是嗎。妳是個好孩子呢。就算我沒有問，妳也主動告訴我，謝謝妳向我撒嬌啊。」老婆婆開玩笑似的說。

我不知道該如何回應，索性什麼也不說，抱著大腿，拉起原本蓋著的睡袋遮住臉。

「旅行啊，還是自己一個人比較好。一個人旅行，才能找到想尋找的東西。呵呵呵。」她說完後，便在長椅上躺下。

要尋找的東西……

你的另一半，由你找出來——

耳邊又響起那一首歌。

我不禁盯著發出熟睡打呼聲的老婆婆。這個人一副很了解我的樣子，她究竟是怎麼做到的？

後來，我好像也在不知不覺中睡著了，直到感覺有人拍了拍我的肩膀，才猛然醒過來，匆匆忙忙撥開睡袋，看向四周。

附近沒有任何人的蹤影。

天都還沒有亮，老婆婆就已經出發了嗎？我跑到車站門口，試著推開大門。不過，門仍然是鎖著的。我攀上柵欄，看向車站內部，裡面只有發出淡淡光輝，不斷延伸的軌道。由此可見，列車也還沒有進站。至於車站前仍然黑漆漆的單線道路上，也只看得見一點一點的街燈光芒。

有種不可思議的感覺。

老婆婆真的出現過嗎？我隔了好長的時間才跟人說到話，那個人卻消失不見了。說不定是我太疲倦，意識陷入模糊，才會在夢中見到她的吧。我坐回那把長椅，輕撫那個老婆婆躺過的地方，沒想到，薄荷般的氣味飄了出來。

「啊！這個味道！」我的鼻子動了一下。

老婆婆那雙從頭髮間露出一半的眼睛浮現在我的腦海，語帶諷刺的字句也殘留在耳邊。

天色總算開始變亮，只有一節車廂的首發車駛進車站。我搭上這班車，再度啟程前往下一個終點站。窗外的景色不斷變化，沿著河岸行駛的途中，遠處突然出現有著高聳建築的城市。鑽出漫長的隧道後，大海猛然躍到眼前。我所來到的地方，已經遙遠得塔西歐和瑟莉娜阿姨完全無法想像了。

現在，我連時間的流動也不再注意，日期的概念變得非常模糊。有時候甚至覺得，前一天彷彿是很久以前，而明天這個日子早已結束。

「旅行啊，還是自己一個人比較好。」還坐在車站的長椅上時，那個神祕的老婆婆這麼告訴我。只有一個人時，雖然不會興奮愉快，但也不會傷心寂寞。不過，聽著身體裡隨著列車聲「噠、噠、噠」輕輕跳動的聲響，我便確切感受到，自己正在往某個未知的地方前進。這就叫做自由，就是要自己一個人，才會感到自由。

這時，列車發出響亮的喀鏘聲，停止行進，我回過神。看樣子，是終點站到了。我環視周圍，先前還在車上的旅客全都不見蹤影，大概都在之前的車站下車了吧。從車窗看出去，太陽已經深深沉入西邊的天空，月台上立著一塊白色的牌子，仔細一看，牌子上竟然寫著「終點站」幾個大字。我一路上到過好幾個終點站，這還是頭一次看到站名就叫做「終點」的車站，是誰想到這麼寂寥的名字的啊？「終點站」如同字面上的意思，是列車所能行駛到最遠的地方。這裡只有一條軌道，而且軌道就在月台外不遠處中斷。我終於再也沒辦法前進了。

沒有其他辦法，我只好下車，東張西望，看看接下來要怎麼走。

「小妹妹，妳要去哪裡？前面已經沒有路了喔。」

突然間，背後有人開口搭話。我回過頭，看到一位上了年紀的站務員。

「妳看起來好像還沒搭過癮呢。竟然有這麼喜歡搭車的人。既然這樣，妳可以上這輛回程車，往回搭三站，再轉乘其他路線。或是從那個車站稍微走點路，就會到達一個小村子。我記得那個村子好像有可以過夜的地方。太陽就快要西沉了，勸妳還是去那裡過一晚吧。」

我沒有應聲，而是默默看著軌道盡頭的前方。在濃密的草叢中，有一條由人走出來的小徑。再看向背後，只有一節列車孤孤

單單的停靠著，列車另一端就是先前經過的軌道。

這裡真的就是終點，我真的來到盡頭了……忽然間，脾氣難以捉摸的《終點之門》那本書閃過我的腦海。

「接下來我要用走的。」

我說出這句話，從月台走下地面。

「小、小妹妹，妳往那邊繼續走，也只有森林而已喔。那是一座很深很深、好像是不同世界的森林，根本不會有人想踏進去，也不可能穿越。不只會在裡面迷路，還會分不清日期跟方向，那片森林太詭異了，妳最好還是打消念頭。」站務員連忙拉高音量勸阻我。

不可能嗎？那我更要試試看！

我這個人總是這樣，凡事都想從唱反調開始。

我拉緊沉重背包的背帶，讓它牢牢貼在身上。接著向站務員點頭示意，便轉身離去。

嗶——嗶——

站務員似乎也不打算再說什麼，嗚笛準備發車。

喀鏘、喀鏘、喀鏘、喀鏘……

列車緩緩駛離車站，沿著原路回去。

我踏上草叢裡的小徑。這條小徑不但狹窄，凹凸不平，偶爾還會出現很深的洞穴，長得和我差不多高的雜草不斷擦過我的臉頰，像是在打趣的問：「妳真的打算繼續往前走嗎？」我在心裡喊著：「閉嘴！」同時把草撥開。不過，只是稍微觸碰到，手指就被草劃出傷口，滲出血來。

這是在警告我，別再走下去嗎……那我更要走給你看。

於是，我踩著大步繼續前進。

回頭一看，「終點站」的屋頂從遠處的樹林間露出來。不知道那位好心的站務員是不是還在那裡？突然間，我有了往回走的念頭，但馬上就止住想轉回去的雙腳，高傲的「哼」一聲，繼續撥開雜草往前走。

經過一段時間，一棵巨大的樹木阻擋在眼前。我一路上都專注於避開銳利的葉片，所以直到被地上又粗又長的樹根絆倒為止，都沒有注意到。這棵樹與我的故鄉裡，位於市中心的那棵大樹有點相似，雖然比故鄉的那棵大上不知多少倍。

這棵樹冷不防出現在面前，像巨大的牆壁般擋住我的去路。在遙遠的樹頂上，綠色的葉子和夕陽的光線交織在一起，微微發出光芒。

這裡就是小徑盡頭。我張開雙手，貼上巨大的樹幹，一點一點的沿著它挪動身體，窺看樹木的另一邊，就在這個瞬間，一股不同於以往的澄淨空氣飄了過來，既沁涼，又靜謐。

而且，聞起來也很香。咦，這個味道不就是……！我想也不想，深深吸了一大口氣，並且踮起腳尖，拉高身體。在前方不遠處的高聳草叢間，隱隱約約能見到軌道的蹤影。我不禁感到訝異，把腳跟抬得更高，打算看個仔細。結果，我看到一輛尺寸迷你，只有一節車廂的綠色列車緩緩駛過來，準備停下。

奇怪，站務員不是說這裡只有森林嗎……騙人！明明就有軌道！搭上這輛列車，就能繼續前進了。

我撥開草叢，急急忙忙靠近列車。

這時，車門開啟，一名女子步下車廂。她走過我的身旁時，稍微停下腳步，瞇起眼睛看了我一下，然後露出笑容。那笑容不但沉穩，而且很柔和。接著，這名女子便加快腳步離去。在她水藍色的帽子下，是微微鬈曲的亮色頭髮。

我被她的笑容吸引，連忙回頭對她開口。

「那個，請問……」我整個人向前傾，想叫住她。

那名女子停下腳步，轉頭看向我，再次笑了一笑，隨即又轉回去，快步朝先前把我絆倒的那棵大樹前進。就這樣，她的身影在草叢中逐漸淡去，最後如同被吸進大樹似的消失無蹤。她消失的那一刻，我又聞到一股香氣。

這股氣味……跟家裡的閣樓中，米可的旅行箱裡飄散出來的薄荷與灰塵交雜的氣味有點相似。我的心跳忽然變得劇烈，完全抑止不住。

「請等一等！」

我再也按捺不住，將雙手往前伸，拚命要追上她，結果又被粗大的樹根絆倒一次。我就那樣趴在地上，抬頭到處尋找那名女子，但是四周安安靜靜的，只見那棵綠葉茂盛的大樹，像高牆一樣聳立著。

叮叮，叮叮——

後方響起一陣鈴聲。大概是那輛綠色列車要出發了。我這才放棄，從地上爬起來，轉身奔向列車，跳上車廂。

我將背包扔至座位，自己也一屁股坐上去，然後用雙手摀住整張臉，試圖讓劇烈跳動如敲鐘的胸口平復下來，同時反覆回想剛才看到的景象，並且用手指按住眼睛，把那幅景象收進腦海，以免自己忘記。

喀鏘。

列車沿著軌道，往先前行駛過來的方向開回去。

我從座位上站起，把身體探出窗戶，隔著那棵逐漸遠去的大樹凝視另一端，全身不停顫抖。

那股氣味。

那個人！

那個人當時看著我。

不會吧，不會吧！

不可能。

一定是因為我這一路上都獨來獨往的，所以才搞錯了。

沒過多久，列車便匡噹匡噹的駛進深綠色的森林。我的身體隨著行駛時的聲響左搖右晃，心情也慢慢平靜下來。

是那片幽深的森林！

那位站務員說的沒錯，列車在一片樹木交雜的森林中行進。

我的腦袋再度陷入混亂。米可曾經在生病時說要去森林，而出了一趟遠門。現在，我就身處在森林中，而且，這片森林還有熟悉的氣味！除此之外，走出這輛列車的那名女子，看到我時還露出了微微的笑容！

不可能……不可能……

我甩甩頭，想擺脫腦海裡的念頭。我只是搭上一班列車，偶然來到一座森林罷了，才沒有闖進什麼不同的世界。會想到米可，簡直莫名其妙。一定是因為我這一路上都獨來獨往，才會一廂情願的看到了幻覺。

我內心騷動不已，環視車廂內部，對面坐著一位身材纖瘦的少年，他穿著淡藍色襯衫，頭上的白色帽子壓得很低。少年瞄了我一眼，隨即低下頭，看向大腿上攤開的書頁。在那位少年身旁的座位上，是他的背包，以及一個裝在布袋裡的長條物。車上除

了他以外，似乎沒有其他乘客。於是，我抱著自己的行李，沿著走道來到他對面的座位坐下。

「我問你喔，剛才在前一站，有沒有一個女生下車？」

我無論如何都想知道答案，嘴巴卻不太聽指揮，胸口也還悸動不已。

少年一聽我這麼問，猛然抬起頭。

「咦！大姊姊，妳見到那名少女了嗎？真的嗎？在哪裡？在哪裡？」

他匆匆站起身，把臉貼到玻璃窗上，看向外面。

面對如此激動的反應，我頓時變得支支吾吾。「不是少女。她大概……三十歲左右吧……」

「咦，什麼？三十歲！」

「嗯，是一個成年的……女性。」

「啊——這樣啊。什麼嘛！不是她啊。」

少年失望的垂下頭，癱坐回座位上。

「真的不是她嗎……」他像是要確認自己沒有聽錯，再問了一次。接著，神情變得恍惚。

「那個女人就是從剛才那一站走出這輛列車廂的。你就坐在這輛車上沒錯吧？真的沒有看到她嗎？」

「走出這輛列車廂？剛才根本沒有人下車啊……」

「不可能啊，我親眼看見那個戴著水藍色帽子的人，從這輛車走出來。」我的語氣開始變強。

「可是……我一直都在這輛車上啊。我沒有看到，抱歉。」

「咦？一直都在這輛車上？你說你嗎？」

「對，一直。」少年聳聳肩，笑了一下。

「我一直搭著這輛列車……有時候會在途中下車……就這麼不斷的尋找著。」

他說出這段耐人尋味的低喃後笑了起來，從帽子下露出的兩顆眼睛也害臊的眨啊眨的。

「這輛列車一直都空蕩蕩的，我幾乎沒有看到任何人。不過，今天真難得呢，看到大姊姊妳搭上車。」

「大姊姊」嗎——總覺得怪難為情的。畢竟，眼前這個男孩子看起來和我差不多年紀，甚至可能比我還大呢。

「我叫做塔塔。你呢？」

「我是諾比諾。」

「諾比諾嗎？我知道了。所以說，你沒看到那名女子……對吧。」

有種自己錯失某種重要東西的感覺。

「那個人看起來很親切……你真的沒有看到她嗎？」我忍不住再確認了一次。

這時，諾比諾的眼睛明顯有所動靜。

「成年女性……三十歲左右嗎……啊……，等一下，雖然不是最近的事，那是什麼時候呢……我曾經在森林裡見過一個戴著帽子的女子，她當時好像正在哭，我覺得很奇怪。不過，這座森林本來就非常不可思議，這裡的時間會一下子往前進，一下子往後退，有時候還會混在一起，一點也不能相信。」

「你是說時間嗎？」

「對，詭異得不得了。我已經很習慣就是了，妳也得趕快適應才行。畢竟，這裡到處都是不可思議的事。」

我沉默了。看見那名女子，是不久之前發生的事，不管怎麼想，應該都不是時間出了問題，看樣子，那名女子並不是真的出現在我的眼前，想必是我在漫長的旅行後闖進這樣的森林，才會使某個地方打了結。

我將放在一旁的背包拉到身邊。

列車在深得看不見盡頭的森林裡，像土撥鼠挖洞一般不斷前進。潮溼的空氣從敞開的窗戶流進車廂。這輛列車小歸小，行駛時倒是幾乎不會搖晃。

我不經意間抬起頭，看到車門上掛著路線圖。於是我從座位上站起，看個仔細。

森之森　森林鐵路

森林的起點
森林的內部
森林的中央
森林的途中
森林的邊緣
森林的終點

整條鐵路上只有六個站。站名清一色都是森林、森林、森林，不曉得我剛才上車的地方，是不是「森林的起點」這個起站？雖然看不出列車會經過什麼樣的地方，但似乎不會離開這座森林。另外，從這張路線圖看來，這條鐵路有「終點」。

想到這裡，我的胸口緊揪了一下。這一路上，我都是以「終點」為目標而輾轉

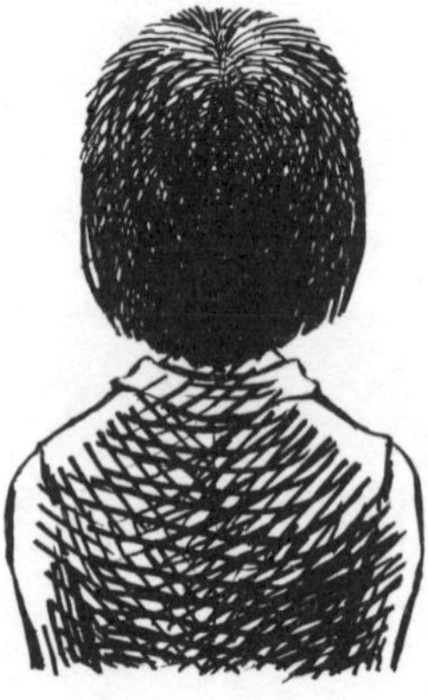

搭車沒錯。不過，實際看到「終點」兩個字大大出現在眼前時，還是有點坐立難安。我下意識將手伸進背包，摸索米可留下的書。這本很難打開的書，名字裡也有「終點」。《終點之門》和「森林的終點」連結起來，占據了我心頭的一角。

不管怎麼樣，我決定維持原本的計畫，前往終點，我打算搭去「森林的終點」這一站一探究竟。

我走回座位，坐到諾比諾對面。列車繼續像飄浮在地面一般靜悄悄的行駛，彷彿要逐漸離開這個世界。路線圖上的「森之森」，會不會就是這座森林的名字？大概是想表達「像我這樣才叫做森林」吧。

這座森林如同它高傲的名字，由數不清的樹木層層疊疊，構成深不見底的綠色空間。不管看往哪個方向，全部都是多到快讓人厭倦的樹木。往上面看去，夕陽在樹林的縫隙間閃閃爍爍，並且灑下光線。在這樣的環境中，列車屏著氣息悄然行進。陽光正一點一點的改變角度，可見時間應該正在流動。照這個慢吞吞的速度行駛下去，不曉得什麼時候才會到達「森林的終點」。

這時，諾比諾把看到一半的書闔上，將窗戶往上推開，那股像薄荷的熟悉氣味一口氣灌了進來。

「啊！這個味道！」諾比諾叫出聲，我反射性的坐直身體。

他看著我的反應，說：「聞起來很香，對吧……這裡的氣味有時候會變得很強烈，就好像……森林醒了過來。」

接著，他迅速將書收進背包，半站起來，把手伸向背包旁的行李。

「森林會醒過來？」我脫口問道。

「這座森林很不一樣……它會活動。想不到吧？很難想像吧？不過，我真的這麼覺得。就算外表沒有變化，它也總會有什麼地方改變。而且，不是有形體的改變，會不會是時間呢……我總覺得，跟這股氣味有關係。不過，這股氣味好像會帶來什麼好事。妳不這麼認為嗎？」諾比諾深吸一口氣，同時抽動著臉頰。

「的確就是這股氣味。之前也……」

我說到一半，連忙閉上嘴巴。閣樓的景象浮現在腦海中……我有種腦袋被往某個地方拉扯的奇異感。他剛才是不是說，時間會改變？這是不是也代表，過去的時間能夠倒回？

「森之森……」我下意識的發出低語。

「大姊姊妳也在尋找什麼，對吧？」

諾比諾維持站立的姿勢，筆直的看向我。

我在尋找……

這時，我的腦袋一陣緊縮。

你的另一半，由你找出來——

我想起那首熟悉的歌。

「你說『在尋找』，是什麼意思……」我皺起臉問。

「我也跟妳一樣，一——直在尋找喔。」

我用力瞅了他一眼。

「聽你一直叫我大姊姊，那你自己又是幾歲？」

「十三歲。」

「咦——我十五歲。」

「真的嗎？」

諾比諾凝視著我，完全不移開目光。

「既然妳這麼說，應該就是真的，但我就是會忍不住想叫妳大姊姊……對不起。這到底是為什麼呢……」

他帶著過意不去的表情，不解的歪頭。

「我看起來那麼年長嗎？如果真的是的話，那我也只有認了，你叫我大姊姊也沒關係。」

這一刻，我感覺內心暢快起來。

「你說你在尋找，是什麼東西？」

「就算我說了，妳也不會相信。」

「告訴我嘛，我會相信的。」

「一個女孩子。」

「是你之前說的那個少女吧。她是這裡的人嗎？」

「不知道。但我強烈的覺得……她就是在這座森林出生的，而且，她的聲音很好聽。我想要更會唱歌，所以出來旅行，在旅行途中，我誤打誤撞來到這座森林……就在我稍微休息，順便練唱時，她也陪著我一起唱。她的歌聲好像是從附近的樹林傳來，於是我閉上眼睛，為她和聲。不過，唱完後，我在附近找了好久，卻沒有看到任何人。因此，我從來沒有見過她本人，她一定是躲進了森林裡。在那之後，我還是一直走、一直走，到各個地方不斷尋找她。聽起來很好笑，對吧？但是，我無論如何都想找到她。」

列車的速度逐漸減慢，最後停了下來。窗外的樹林比先前更濃密，而且有些陰暗，太陽好像也快要下山了。諾比諾背起背包，踏上走道，我也跟著從座位上起身。

「你要下車了嗎？」

「對。這股味道比以往還要濃……我們說不定能找到什麼喔。」

他的動作很輕盈。

「諾比諾，你住在這附近嗎？」

「……」

「對不起，問了這麼奇怪的問題。因為這裡都是樹林，看起來不像有人住的地方。」

「嗯啊。」他難為情的笑了一笑。

「我可以再問一個問題嗎？那個長長的行李是什麼？」

「啊，這個嗎？這是樂器，我自己做的。形狀很奇怪對不對？因為是用掃帚做的，所以

我叫它『掃帚吉他』。我會用這把吉他自彈自唱。」

諾比諾把袋子打開一半，秀出裡面的吉他。接著，他用手撥一下，吉他便發出清脆的聲音。

「啊，抱歉，我得趕快走了。」

諾比諾低聲說，匆匆忙忙的拿起袋子，走向列車門口。

「大姊姊，希望妳也能找到妳在尋找的東西喔。啊，又不小心叫妳大姊姊了。」

他聳聳肩，笑了一下，隨後便打開車門跳下去，很快消失在濃密的森林裡。

外面已經變得相當昏暗。

他就那樣走掉了……不是我要說，聽到別人叫自己「大姊姊」時，心頭果然還是會癢癢的。我們明明只差兩歲……不過，尋找東西啊……諾比諾說過，他一直在尋找，那麼，我是不是也在尋找什麼呢？如果像我這種半吊子的人也能找到什麼好東西的話，不知道該有多好。

周圍依稀殘留著那股氣味。諾比諾剛才說，這就好像森林醒了過來。不過，在這氣味的包覆下，我就是禁不住想到米可。

我隨意看向窗外，發現一塊寫著「森林的內部」的素面木牌，懸掛在空中晃來晃去。

既然這一站是「森林的內部」，便代表下一站是「森林的中央」。

停靠了好一陣子的列車，總算開始緩緩行進。

喀啦——

就在這時，緊閉的門猛然開啟。

「啊啊，太好了，趕上了。」

有個女孩大聲嚷嚷著衝進車廂。她的外衣上，

有的鈕釦已經鬆脫，下襬被磨得破破爛爛；至於下半身，那鬆垮垮的褲子和長靴上也沾滿泥巴。她背上的背包裡，有個像鏟柄的東西伸到外面。她放下背包，坐到我面前的座位，劈頭就問：「問妳喔，妳有沒有奶奶？」

面對這突如其來的提問，我慌慌張張的回答「沒有」。

「真好——哪像我家有奶奶。超麻煩！」

女孩露出不滿的表情，用沾著泥巴的手指搓弄鼻頭，接著「唉——」的嘆一口氣，偌大的眼睛一刻也不停的動著，並且發出類似這座森林的深綠色光芒。從外表看起來，她的年紀應該比我小。

話說回來，那是什麼問題啊！這個女孩是怎麼回事？她的奶奶怎麼樣，跟我一點關係都沒有。於是，我把臉轉向窗外，不搭理她。諾比諾說，這輛列車總是很空，幾乎不會遇到其他人，但我現在不是就遇到了嗎？而且，還是一個聒噪的小鬼！此時此刻，我完全沒有心情跟這個一點也不客氣的傢伙打交道。

然而，這名女孩卻自顧自的繼續說下去。

「奶奶她啊，這一陣子變得很古怪，什麼事情都會忘掉。她的名字叫做亞拉可，但是我這麼叫她時，她會生氣的說：『我啊，才不叫做亞拉可。』還說：『我到底是誰呢……我會不會一直是個無名氏，直到死掉啊？我可不想像個生鏽的螺絲釘般死掉。妳聽好了，別讓我像那樣死掉。我應該也是有名字的，妳去幫我找找。』然後要我出來跑腿。所以我就聽奶奶的話，到處幫她尋找。不過啊，這可不像缺了半邊的襪子那樣好找吧？我找的東西可是名字呢。搞不懂耶！」

這個人的話好多！

我都擺出沒有在聽的態度了，她卻一點也不在意。

「大家以前都叫奶奶亞拉可，用這個名字不就好了嗎？真是的，怎麼這麼麻煩。搞不懂耶！」她抬起肩膀，重重的嘆一口氣。

「奶奶是這麼說的：『搭上列車，一直搭，一直搭，最後會到一座很大的森林，那裡就是奶奶的家鄉。媽媽說過，她將我的名字埋在那裡的某個地方，妳去幫我找出來，好不好？』什麼叫做很大的森林，她那樣講，我哪聽得懂啊……一座森林是大還是小，是由誰決定的？所以我跟奶奶說，我根本不知道那座森林長什麼樣子，是不可能到得了的。結果啊，她竟然回答：『如果是妳的話，應該有辦法到達。抱著回到自己出生地的這種想法，就能夠到達……』什麼出生地啊？搞不懂耶！真是敗給她了。但是，我還是來到了這裡。搞不懂啦！」

這個女孩每次說「搞不懂」時，肩膀都會聳一下。說來不可思議，她話很多，語調卻很悅耳。

「總而言之，奶奶的媽媽不喜歡爸爸取的『亞拉可』這個名字，所以把她自己原本想取的名字，埋在那座森林裡。

「奶奶無論如何都想知道那個名字。她的媽媽說，總有一天，到了對的時刻，會有人幫她找出來的，所以她才會要我出來找。搞不懂耶！

「把名字埋起來？我從來沒聽過這種事，又不是胡蘿蔔。說出那種話的，可是奶奶的媽媽耶，都不知道是多久以前的時代了，既然她現在已經有名字，那不就好了嗎？妳說是不是？」

女孩劈里啪啦的說完一大串後，呵呵的笑起來。我故意移開視線。我也是有自己的事情要想，根本沒空聽別人的事。儘管如此，她還是繼續說下去。

「我一路上不知道搭了多少輛列車，轉了好多次車，然後就像受到召喚一般，自然而然的進入了這座森林。我有一種感覺，奶奶的媽媽埋下名字的地方，八成就是這座森林了。樹木交疊纏繞的森林可是很少見的，而且，這座森林讓人感覺很不可思議，時間好像會動。搞不懂耶！過去好像只是昨天的事，又好像是三年前，也好像是明天；明天則好像是已經結束的昨天，但也好像是很久以後的未來……這座森林啊，在這方面是很隨便的，所以我才想說，它也許知道很多以前的事情。於是，我決定不要再想太多，走到哪裡就挖到哪裡，直接碰運氣看看。不過，我一直沒有找到，而且開始厭倦了。有什麼辦法，我要找的可是名字耶。搞不懂啦！」

這個人一直自己講自己的，就算我千百個不願意，她的話語也不斷入侵我的耳朵。什麼森林裡的時間會動啦，森林知道很多以前的事啦……

就在這個瞬間，我整個人震了一下。

眼前的女孩瞇著綠色的大眼睛，露出笑容。儘管她說已經開始厭倦了，看起來卻絲毫沒有厭倦的樣子。

「奶奶跟我說，我會找到的。她還說，她的名字會唱歌給我聽，到時候我一定能聽見。怎麼可能有這種事？搞不懂耶！我又沒有什麼超能力。奶奶有點老糊塗了吧，不但將過去和現在的事搞混，還把故事和自己的事搞混。再說，這座森林也是混成一團，分不出到底是過去還是現在，所以……嗯？好像有什麼氣味越來越濃了。我喜歡這個氣味！」

女孩望向車窗外，彷彿在尋找什麼。

她像狗一樣嗅幾下鼻子後，低聲咕濃，「名字唱出來的歌，會是什麼樣的聲音啊？完全搞不懂！」

她說完後，轉過頭來，繼續說個不停。

「聽說啊，我小時候是在一棵大樹下被

奶奶帶回家的。我自己一點印象也沒有就是了。奶奶還說，因為我是撿來的，所以暫時叫我『昔落可』，這個名字一直用到現在，十二年來，我一直都用著臨時的名字呢……連我自己都沒有真正的名字，還談什麼去找別人的名字。唉，越想越覺得麻煩。呵呵呵，搞不懂耶！」

她的話真的很多！

「所以說……我必須聽奶奶的話。畢竟，她對我有恩情嘛。現在，我就在尋找她的名字。搞不懂耶！」

昔落可頻頻說著「搞不懂」，同時一副快笑出來的樣子。

嘰嘰嘰——

列車猛然停下來，我整個人往前傾。抵達下一站了。

「啊，我得下車了，我要一站一站的尋找。」

昔落可急急忙忙抱起背包，隨即打開車門跳下車，轉眼間，她便消失在葉片茂密的樹林中。至於我自己，則是受到她的影響，差點也要站起來。

列車再次發動。這一站沒有人上車，所以車廂裡剩下我一個人。我看向窗外，寫有「森林的中央」的木牌搖晃著掠過眼前。這片森林這麼深，昔落可是要去哪裡呢……車廂內安安靜靜的，沒有半點聲響。

這時，我的耳中又響起那首歌。

你的另一半，由你找出來

你的另一半——

為了你自己——

「大姊姊妳也在尋找什麼，對吧。」諾比諾對我這麼說過。

昔落可也說，她正在尋找奶奶的名字。

尋找……尋找……話語開始在我的腦中打轉。

列車帶著細碎的喀鏘聲緩緩前進。這個節奏很悅耳，使我不小心打起盹，直到耳邊傳來匡噹聲響，列車也隨之劇烈搖晃，停下來時，我才睜開眼睛。

不曉得自己剛才睡了多久，這次停靠的車站是「森林的途中」。我站起身，再看一次路線圖。這時，車門發出「嘰——」的聲音開啟。

伴隨著冷風進入車廂的，是先前下車的諾比諾。

「咦？」

我對他的出現大感訝異。

「哦？」諾比諾也發出聲音。

「好久不見了呢。」

奇怪了，他明明不久前才下車。而且仔細一看，他的服裝也跟之前不同，變成直條紋的天藍色上衣。

「……」

我一時之間說不出話來。該說聲「好久不見」嗎？

「妳找到要找的東西了嗎？」諾比諾開口問道。

我默默搖頭。

「你呢？」我總算擠出話來。

「沒有。還沒找到的話，就代表，找到的喜悅還在前方等著。」

他一邊回答，一邊將行李放到地上，坐到我的旁邊。

躂、躂、躂、躂……

車門再度冷不防的敞開，某個人踩著響亮的腳步衝了上來。原來是在前一站下車的昔落可。

「咦？」

昔落可一看到我，表情立刻變得非常奇怪。

「妳怎麼還在車上？該不會一直沒有下車吧？妳不會膩嗎，也真不簡單。妳好像很喜歡搭車耶。真搞不懂！」

她一開口，便又是莫名其妙的說個不停。我才搞不懂這個人呢。

「咦！你是諾比諾對吧？」

昔落可看見諾比諾時，張大了嘴巴，似乎非常驚訝。

「是昔落可啊。又見面了呢。」

諾比諾聽見自己的名字時，有點不耐煩。

「諾比諾，你還在尋找嗎？」

「……」諾比諾沒有回答，只是點了點頭，並且輕輕撫摸裝樂器的袋子。

「我也一樣。我們都很辛苦呢。」昔落可一邊說，一邊自顧自的連連點頭。

「是啊。不過，我感覺自己快要找到了。」

「真的嗎？你怎麼知道？」

「因為森林的氣味越來越濃了。」

「果然沒錯……而且啊，我有時候還會聽見窸窸窣窣的聲響。你聽過嗎？」

昔落可粗魯的把背包放到她正對面的座位上，接著一屁股坐下。同一時間，列車開始動了起來。昔落可身上的衣褲變得比先前骯髒，破損得更加嚴重。她的背包口袋也磨出破洞，被揉成一團塞在裡面的帽子探出頭來，同樣是破破爛爛的。

「唉，整個人都慘兮兮的。真是有夠慘耶！」

昔落可拉了拉破損的上衣衣襬。

「這座森林啊，脾氣很拗喔。你一靠近，它就會跑得遠遠的；等你蓋好被子，準備睡覺時，它又會發出喀沙喀沙的聲響。那個啊，一定是樹木說話的聲音。雖然聽不懂在說什麼，但它們就一副跟你很熟的樣子，所以我跟它們說，我不是樹，沒有辦法跟你們聊天。真是的，搞不懂耶！」

她打開背包，取出一個紙袋，從裡面拿出像是樹果的東西吃了起來。同時，芳香的氣味也飄散到四周。

我突然睜大眼睛，諾比諾也意識到了什麼。

「很香吧？這是我在森林裡撿到的。這種果實是很好吃沒錯，但吃著吃著，就會開始覺得寂寞。森林應該也會覺得寂寞，也在尋找什麼東西吧？我

在說什麼啊，哈哈哈。真搞不懂！」

昔落可一邊笑，一邊咔滋咔滋的動著嘴巴。

「妳剛才說樹木的說話聲，是什麼樣的聲音？」

諾比諾探出身體，向她問道。

「可以說是……好聽的聲音吧，不會讓人覺得害怕。」昔落可不是很有把握的回答。

「對對對，沒有錯！那聲音非常好聽，會讓人聽得入迷。妳在哪裡聽到的？快告訴我。」

「不知道耶。這座森林會動，我根本說不出是在哪個位置。不過我記得，那旁邊有個很大很大的老樹椿。」

「咦，樹椿？」

諾比諾聽到昔落可的回答，似乎對什麼感到在意，陷入沉默好一會兒。

「那個樹椿在哪裡？」這次換我問了。

「就說了……我不知道啊。樹椿是憑空冒出來的……」
「我得去找出那個樹椿。」
諾比諾像是想起什麼，猛然從座位上站起，對駕駛座大喊「停車，停車」！就這樣，列車在連個車站都沒有的森林深處停下。
諾比諾拿起行李，急急忙忙打開門衝下車。
「啊，你要是太硬來，樹椿搞不好會消失喔。」
昔落可朝著外面大喊，並且發出「呵呵呵」的笑聲。
「大哥哥真是急性子。」
列車如同什麼事都沒發生，再度靜靜的開始行駛。
「唉。」
昔落可大概是對他感到無奈，轉而看向我這裡，閉起一隻眼睛。
「那個大哥哥好拚命喔。但是，他拚命過頭了。大姊姊，妳在尋找什麼？該不會都在這破破爛爛的列車上過夜吧？真是個怪人。」

「？」
這個問題讓我一時語塞。從我遇見昔落可到現在，列車不是只經過一站嗎……為什麼她會問我怎麼過夜的？
我皺起眉頭，看著昔落可，她誇張的擺出驚訝的姿勢。
「搞不懂耶！」
我的目光落到昔落可的上衣胸口，那裡的釦子早已脫落。取代釦子繫住衣服的，是一根尖銳的樹枝。
「妳的衣服被什麼鉤到了嗎？要不要幫妳縫釦子？」
「沒關係，這樣就好。」
昔落可露出笑容，試圖拉好上衣。
我從背包裡取出針線和釦子。當初是覺得一個人出外旅行可能會派上用場，才將這些東西塞進去的，想不到會在此刻用上。
就這樣，連自己的釦子都沒有縫過的我，把臉湊到昔落可的胸前，幫她縫上釦子。

「哇——」昔落可發出讚嘆。

「大姊姊，妳呼出的氣好溫暖——謝謝妳。」

她握住我縫好的釦子，開心的露出笑容。幸好縫得還算像樣。

「大姊姊，我也送妳一些東西，禮尚往來。」

她打開之前的那個袋子，拿出三顆樹果放到我手上。

我把樹果丟進嘴裡，一咬下去，隨即響起「喀啦」的聲音，接著，薄荷般的氣味擴散到整個口腔。

「我總覺得，自己好像從很久以前就認識這座森林了，因為啊，我在這裡可以睡得很舒服，就像睡在自己家的床上一樣。搞不懂耶！」昔落可看著窗外，如此說道。

沒有過多久，她的頭便往前一栽，進入了夢鄉。她的手放在大腿上，拇指不停抖動著，那個模樣很滑稽，看得我快要笑出

來。我很清楚那根手指為什麼會動個不停，因為睡覺的時候，嘴巴會感到空虛。她的內心其實很寂寞吧，所以才想找點東西放進口中，以前的我也會這樣。想到這裡，心中忽然湧起哭出來的衝動。

經過一陣子，列車的聲音稍微變響亮，然後「颼——」的停下。

昔落可瞬間醒過來，匆匆忙忙的抱起背包，什麼也不說就打開車門衝出去。我目送她逐漸遠去的身影時，驚覺天空是深沉的紅色。在兩個車站之前，昔落可下車的時候，天色明明更加黯淡。

時間是不是怪怪的？

車窗的另一端，寫著「森林的邊緣」的木牌不停搖晃。也就是說，下一站就要到最後一站——「森林的終點」了。看樣子，這輛列車有好好的照著路線圖行駛。話說回來，我根本沒有在車上過夜啊。難不成剛才我以為自己只是小睡一下，其實直接睡了整整一天，昔落可才那樣問我嗎？果然……搞不懂耶！我模仿昔落可說話。

列車載著我這個唯一的乘客，繼續前往下一站。

太陽就快要下山了。若按照這個步調，到達「森林的終點」時，搞不好已經是晚上。拜託，可以不要這樣嗎？不安急遽湧上心頭，我搖搖晃晃的從座位上起身，走向駕駛座，隔著毛玻璃詢問：「請問一下……到『森林的終點』還要多久？」不過，沒有任何回應。

列車繼續緩緩前進。周遭變得越來越暗，沒過多久，窗外就陷入一片漆黑，什麼也看不到。這時，車廂內出現微微的照明，車身上的燈也跟著點亮。一束短短的光線照亮列車行駛的軌道。

孤獨一人的我把臉湊到窗邊，望著微弱延伸出去的光線。看著看著，開始不曉得自己身處在哪裡。我感覺自己不是乘著列車，而像是乘著時間之流，被帶往某個地方。

嘰——！

冷不防的，列車停了下來。

我隔著一片黑暗看向外面。寫著「森林的終點」的木牌，在一旁的樹枝上搖來晃去。列車自然的開啟車門，這裡大概就是終點了。我趕緊背起背包下車。這個車站不但沒有站體建築，甚至連月台都沒有。我快步走到列車前方說「謝謝」，同時踮腳看向駕駛座。裡面只有一盞朦朧的電燈，看

不到任何人影。眼前的景象讓我打了個哆嗦。難不成，這輛列車一路上都沒有駕駛？一個人待在這種地方，要怎麼辦？

我握緊背包上的背帶，讓顫抖的身體冷靜下來。接著看向前方。在從駕駛座流洩出的微弱燈光照射下，能看見長得比我還高、足以把我整個人藏起來的草叢不斷搖晃。

「還是回去吧。不能一直待在這裡。」

我一轉過身，便聽見「咯鏘」一聲，列車動了起來，沿著反方向開回去。

「等等我！」

我放聲大喊，沿著軌道追上去。這時，我的腳被枕木絆到，整個人往前摔，臉首當其衝撞到地面，背上的沉重背包順勢撞上頭部，雙眼頓時冒出金星。

「停下來，等等我啊——！」

我倒在地上，扭動身體大喊。

然而，列車只是漸漸加速離去。轉眼間，四周就變得一片黑暗，看不見軌道和其他任何景物。我用手在地上摸索一陣，好不容易重新站起身。摸摸額頭，手指上沾到溼溼黏黏的液體，感覺似乎是血，剛才跌倒時，大概撞到了頭。我第一次待在這麼漆黑的地方，原來，完全不知道附近有什麼東西是如此恐怖的事。我一邊發著抖，一邊用袖子擦臉。全身上下都在痛。我伸長手臂，往四面八方摸索。這一帶除了草叢，便沒有其他任何東西。

就在這時——

「等一下！等等我啊！」

昔落可的聲音突然從草叢裡竄出，迎面撲過來。我嚇得呆立在原處。她的腳步聲就從我的身旁掠過，逐漸遠去。

「等我！等我啊——！」她拉開嗓門大喊。

「列車早就開走了喔！」

我也往昔落可的方向大喊，不過她似乎沒有聽見。

接著，遠處再次傳來喀鏘、喀鏘的列車聲，燈光也從草叢間照過來。沒想到剛才那輛列車真的回來了。

「請讓我上車——等等我——」我朝著列車直奔過去。

沒過多久，筆直的燈光和列車車廂便清楚出現在前方。我跳上跳下，朝列車揮手。隨後，列車在稍微前面的地方緊急煞車，停了下來。

「我也要上車——！也等等我——！」

然而，列車無視我的吶喊，往反方向加速離去。

咦？開走了？

列車只留下一片死寂的漆黑空間。昔落可似乎是順利搭上車了，而我明明喊得嗓子快要啞了，卻被留在原地。好過分！雙腿頓時失去支撐的力量，我當場跌坐到地上。

經過一段時間，雙眼開始微微看見周圍的景象。這時，我才首次意識到，原來夜空中蘊含著光芒，藉由那依稀的光，我看見高聳的草叢不斷搖晃。

我維持坐在地上的姿態，伸出手去撫摸草叢。草比我想像的還要柔軟。我站起身，開始尋找列車的軌道。不過，軌道藏身在草叢中，根本不知道在哪裡。我一邊撥開草叢，一邊拖著腳，踉踉蹌蹌的前進兩、三步。腳下的地面鬆鬆軟軟的，但是當我提起勁，大大挪動腳步的瞬間，立刻滑了一跤，背朝下摔倒在地，身體還沉沉的陷進地面。草的觸感溫溫熱熱，舒服得不可思議。

雲好像有所動靜，我從草叢的縫隙間，看見夜空掛著半圓形的月亮。

即使到了這裡，月亮也只有一半……但不知為何，我鬆了一口氣。看到這個月亮，就像看到家人一樣懷念。

原本騷動不已的胸口很快平靜下來，我就這樣閉上眼睛。

直到感覺到白色的光亮，我才睜開眼。剛才大概是在草叢裡睡著了。四周瀰漫著黎明的氣息，我爬起身一看，黃綠色的草被壓成扁扁一圈，像極了自己專用的搖籃。昨天跌倒時在額頭擦出的傷口，讓我的眼皮格外沉重。另外，我的喉嚨也乾得要命。

「咦，這個味道——」

我驚訝得忍不住發出聲音。

咚咚、咚、咚咚——

就在離我很近的地方，出現不太明顯的聲響。我轉過頭去，看見身旁出現一隻全身黑漆漆的烏鴉。原來剛才是牠踏了幾下地

面。這隻烏鴉把頭歪向一邊，盯著我猛瞧。牠的眼睛有著如同這座森林的深綠色。

「好漂亮的眼睛！」

我喃喃低語，以不驚動烏鴉的方式，小心翼翼的站起來。

「謝謝。」

「咦？是誰！」

「嘎嘎。」

面前的這隻烏鴉不斷對我眨眼。

「剛才說話的，難道就是你？」

「沒錯。這算是特別招待。」

「……」

我一時之間說不出話，眼睛也睜到不能再大。

「話說回來，真是慘兮兮呢。」烏鴉的兩顆綠色眼珠輪流眨啊眨，說完後，還歪頭發出「呵呵呵」的聲音，像是在取笑我。

我不高興的瞪牠一眼，額頭上的傷口隨之隱隱作痛。

「這樣的開始真是慘兮兮呢。」

那是什麼意思！我瞬間被惹怒，伸出手要揪住牠。

這時，一陣風吹了過來，草叢很奇妙的分成兩邊搖擺。接著，烏鴉張開翅膀，躲過我的手飛起來。

「喂，等一下！」

我對烏鴉大喊，但牠已經消失在草叢的另一端。

那隻烏鴉，竟然會開口說「謝謝」和「慘兮兮」。

這是一場夢嗎？還是真實？不過，我確實聽到了烏鴉的聲音，我竟然跟烏鴉對話了……

又是「慘兮兮」，又是「開始」……烏鴉說過的字眼，在我的耳邊不斷徘徊。不過……我是真的慘兮兮的，不但撞傷額頭，手臂上也磨出一大堆傷痕，右腳大概也在摔倒時扭到了，疼痛不已。我打開橫躺在一旁的背包，拿出小鏡子打量自己。額頭到左眼一帶腫起好大的包，乾掉的血也還留在上面。
「好慘！」我開口說道。然後又模仿昔落可的口氣，再說了一聲：「好慘喔——」
說出口的同時，開始覺得好生氣。
「那隻烏鴉是什麼意思？說我慘兮兮的，很生氣耶。」
然而，這番銳利的話語在轉眼間便失去宣洩目標，只停留在我的臉頰附近，如同氣鼓鼓的河豚。
為什麼我能跟那隻烏鴉說話呢？
我學烏鴉「嘎」的叫一聲，隨後便回想起塔西歐的話。他說過，米可曾經用「嘎」的聲音回應烏鴉。
「唔，我受夠了！淨是些莫名其妙的事！」
我從喉嚨深處發出哀號，同時將背包背到肩上，拖著身體踏出腳步。只要沿著路走，想必就會看到軌道。在軌道旁邊等待的話，總能等到列車吧——儘管心裡這麼打算，我的腳卻不知為何往相反方向，也就是烏鴉飛走的方向前進。

撥開高聳的草叢，我在其中一步一步走著。經過一陣子，腳下鬆軟的草地觸感消失，眼前變成一座蒼鬱的巨樹森林，高大的樹木一棵接著一棵，不斷排列下去。不是說，這裡是森林的「終點」嗎？之前的木牌上，不是這樣寫的嗎？這個景象看起來，根本是森林的起點吧。這下子，我該往哪裡走才好？

煩惱歸煩惱，我也不可能就在這裡停下來。於是，我硬是挺起胸脯，繼續走下去。

森林片刻不停的發出聲響。那是樹枝摩擦的聲音嗎……聽起來像是在竊笑，又像是偷偷聊八卦般的耳語。

這座森林有太多搞不懂的地方了。

「喂，你們到底在說什麼啊？我叫做塔塔。你們想說什麼，就說清楚嘛。」

我下意識的開口，但是沒有得到任何回應。我往上看，在樹枝的遙遠上方，能看見藍色的天空。不過，天上既沒有飄浮的雲，也沒有鳥在飛，四周連昆蟲的叫聲都聽不到，卻明顯有某種騷動的氣息——不，那說不定是我的胸口在騷動。

眼前終於出現像是小徑的存在，周圍的視野也隨之開闊。我總算走到了森林的邊緣。這樣就能離開森林了！我拖著疼動的腿往前跑。這時，我在前方不遠處的樹林裡，看見一棟似乎已經半毀的小屋。那棟小屋搖晃個不停，彷彿是從另一端走過來，直到前一刻才停下似的。

靠近小屋一瞧，房屋的門也在搖晃，可能不久前剛有人進出過。我伸出手，將門打開，發出「嘰——」的聲響。

「打擾了。」

裡面沒有任何回應。我懷著七上八下的心窺看進去。裡面是一片泥地，沒有鋪設地板，屋子的中央擺放著餐桌，天花板上掛著吊燈。進去後的右手邊是廚房，另一邊有一張蓋著薄被毯的床，床的上方是小窗戶。

我不等待回應，便鑽進小屋裡。

「太好了，這裡有水！」

我一看到廚房流理台有水缸，立刻從背包裡拿出水壺裝水。大概是真的太渴了，所以等不及裝滿水壺，我便把水往嘴裡灌。摻雜細小氣泡的水流經喉嚨，過沒多久，便感覺到連手指末梢都恢復滋潤。我大大喘一口氣，喉嚨深處同時竄出一個小小的嗝。

這裡像極了童話《三隻小熊》故事裡的家……不對，屋子裡只有一張床，所以應該說是一隻熊的家嗎？然後，會有一個迷路的女孩鑽進來……印象中，故事好像是這樣說的吧？

這時，我斷斷續續的想起——

一起來做給熊喝的湯吧……

鍋子在吵鬧

鍋嘟、鍋嘟、嘟那、嘟那

如同剛才喝的水裡的氣泡，從耳朵的深處發出聲響。

「鍋嘟、鍋嘟、嘟那、嘟那、鍋嘟、鍋嘟、嘟那、嘟那。」

總覺得自己哼過好多次，而且，我好像還在某個時候，在某個地方，跟某個人一起笑著，這句子好奇怪。

我下意識看看四周。窗戶外的樹木個個緊閉嘴巴，動也不動的呆立著。

為什麼會突然想起這段話？是因為剛才喝的水嗎？

我看向水缸內部。裡面的水輕輕搖曳，一閃一閃漾著光，如此而已。不論怎麼看，都只是一缸很普通的水。

接著，我的腦中冒出一個念頭，於是從背包裡拿出米可的《終點之門》。雖然這本書的脾氣捉摸不定，不過在這種時候，說不定會翻出什麼內容——想是這麼想，但書本依舊無法打開，不論我多麼用力，就是不為所動。我失去耐性，粗魯的把書扔到床上。就算這樣，它也只是稍微彈跳一下，然後像鬧彆扭的小孩子，繼續說著「不要」，把自己闔得緊緊的。直到這個地步，我才回想起，自己之前敲了敲封面，書就打開了。旅行前夜的記憶在腦海中甦醒，當時翻開的那一頁，有著用手寫下，看起來像糾纏的毛線的「回憶正在等待」這行字。現在想起的「嘟那、嘟那」是……一直藏在我記憶某處的一句話……想到這裡時，我的身體立刻顫抖起來。

「你一直在等待著我嗎？」我朝著下面的書，喃喃問道。

「你一定一直在等著我吧。」

這句話耐心的等我這麼久，要是再忘掉的話，可說不過去。我從背包裡拿出筆記本，一筆一畫的寫下「鍋嘟、鍋嘟、嘟那、嘟那」這行字，這樣一來，就不用再擔心自己忘掉了。

忽然間，一陣猛烈的疲憊感襲來。「嘟那、嘟那」在腦袋裡反覆迴響，眼前開始天旋地轉，身體隨著失去平衡而傾倒。就這樣，我搖搖晃晃的倒臥到床上。

我在刺眼的亮光中睜開眼睛。細細的太陽光，從床鋪上方的窗戶晒進來。

奇怪，這裡是哪裡？

有那麼一瞬間，我分不清自己身在何處。

我環顧四周，發現廚房的水瓶，才總算想起自己昨天不聲不響的進了這間小屋。看來，我在這裡睡了一晚。

話說回來，這間小屋難道沒有人住嗎？搖搖晃晃的坐落在這個地方，如同一直在等待我似的。雖然對我來說，很值得慶幸啦……

「搞不懂。」我發出一聲咕噥。

我重新檢視一遍室內。床鋪的後方是洗手間，廚房流理台旁有個小暖爐，一旁還有裝著木柴的籃子。

流理台上方的櫃子裡，擺放著盤子、

杯子、湯匙、叉子，以及用細樹枝削成的筷子。床鋪旁的小桌上放有蠟燭、紙和鉛筆。

「哈啾！」我忍不住打一個小噴嚏。

「得離開了……不能一直待在別人的屋子裡。」

我一邊自言自語，一邊背起背包，打開小屋的門。剎那間，那股薄荷般的香氣飄了過來。出現在我眼前的，是一片參差交錯的樹林。奇怪了，昨天明明看到一條小路的啊……

「嘎嘎嘎、嘎——！」

冷不防的，一旁傳來烏鴉的叫聲。

「喂，你啊！是嘎嘎嗎？」

「咕嘎！咕嘎！」

叫聲聽起來像是在笑。

「你在哪裡？喂！回答我啦！」

我揮著手上下跳動，還大聲呼喊，然而烏鴉再也沒有回應，周遭頓時變得靜悄悄。

慘兮兮、開始……

嘎嘎昨天說的話在耳邊響起。我萌生對抗的心態，拉開嗓門高聲唱歌。

「鍋嘟、鍋嘟、嘟那、嘟那……嘟那、嘟那。」

我唱著歌，鼓舞自己在茂密的樹林裡前進。不久，樹林來到盡頭，前方變成一座深不見底的森林。裡頭的樹一棵比一棵粗壯，好像以前在風景明信片看到的神殿柱子，而且數量多到數不清。樹幹覆蓋著苔蘚，其中有些從樹枝上垂掛下來的苔蘚，如幽靈的手一般晃來晃去。在林立的樹木間，隨處可見生命走到盡頭而傾倒下來，逐漸腐爛的老樹。這種已經死掉的樹上，同樣覆蓋著厚厚的苔蘚，看起來像怪獸歪歪扭扭的背。這座森林的樣貌，和我之前所看過的很不一樣，彷彿是由漫長的過去時光堆積而成，聽不見一絲聲響，如空氣凝結下來般寧靜。這時，那股氣味又隨著不知從哪裡吹起的風飄來，我自然而然的往那個方向走過去。

之前在列車上遇到諾比諾時，他說這股氣味很香，就好像森林醒了過來。

「就好像森林醒了過來」是什麼意思？要是受到這股氣味引誘，就會不小心闖進某座特別的森林，再也走不出去嗎？這個念頭使我的心開始劇烈狂跳。我把手放到胸口上，整個人杵在原地。

幾乎在同一時間，遠方傳來細微的歌聲。我總覺得曾經在哪裡聽過，於是集中精神聆聽。在歌聲之外，還混雜著像是樂器的聲音。

我往聲音來源踏出腳步。不過，那些聲音大概是在粗壯的樹幹間反射，所以一下子變得很小，一下子又變得很大。我在途中好幾次停下腳步，豎起耳朵仔細尋找。

咻嗯——

咻啦啦——

天空上……

風……

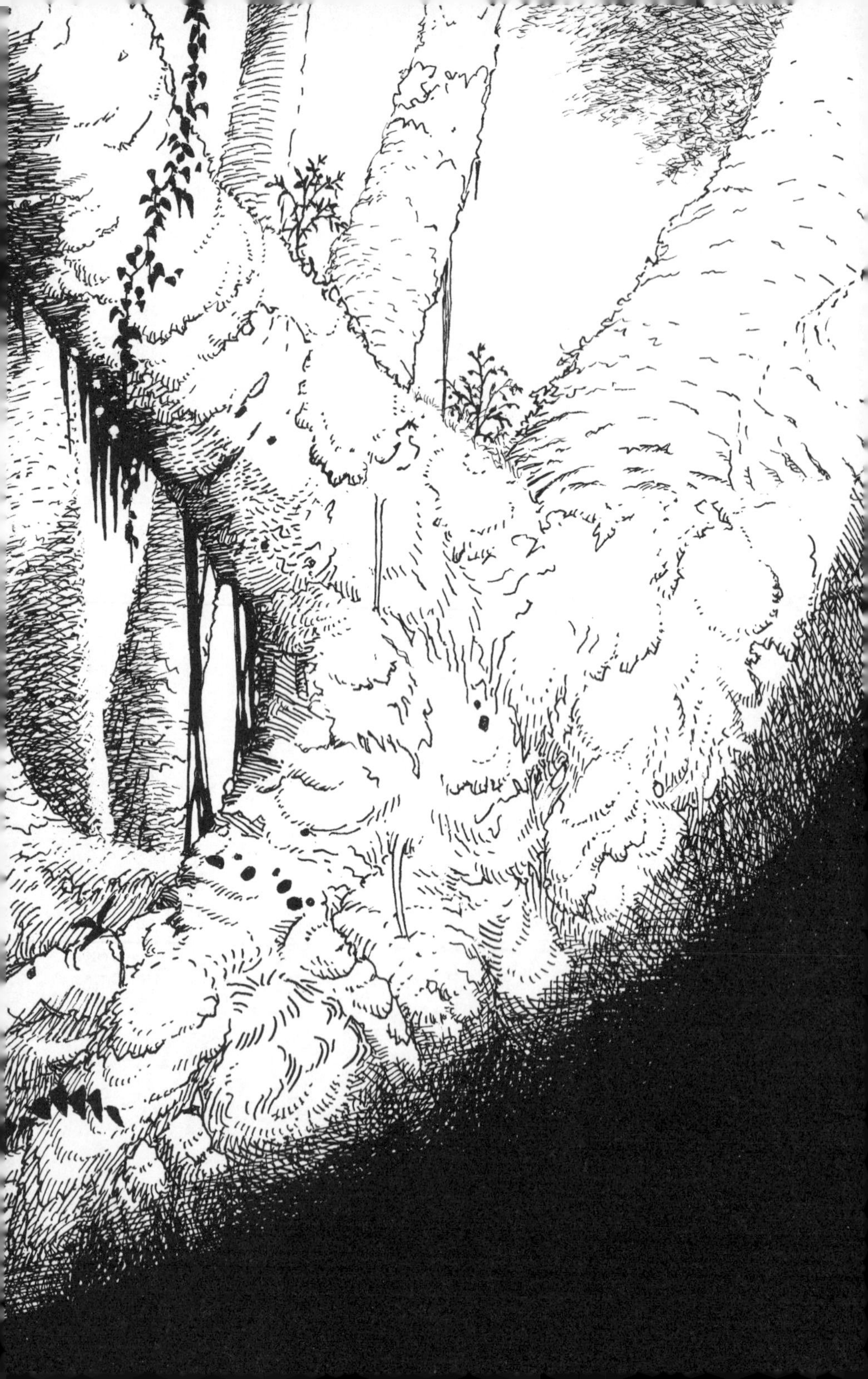

呼呼呼……

……禮物……

歌聲和以前聽過的「另一半——另一半——」一樣斷斷續續。我踮起腳尖，望向樹林的另一端，隱隱約約看到一個人影。

「咦？是諾比諾嗎？」

我飛也似的跑向那個人影。

「諾比諾——諾比諾——」

那個人影似乎聽到我的聲音，隔著樹林看向這裡，並且走過來。他抱著一個外型修長，有點亂蓬蓬、看起來像樂器的東西。是那把掃帚吉他。就在認出那個東西的瞬間，我突然踩到苔蘚，腳底一滑，整個人失去平衡，連忙抱住身旁的樹木。

「妳還好嗎？」諾比諾走到我身邊，擔心的問道。

「嗯。我沒事。」

「要小心喔。這座森林也有壞心眼的一面。」

「你剛才在這裡唱歌，對吧？」

「對。因為我覺得，透過唱歌的方式，能見到我正在尋找的人。」

「你還在找那個女孩嗎？」

「對。還有昔落可提過的樹樁。回想起來，那個女孩陪我一起唱歌時，我就坐在大大的老樹樁上。昔落可不是說，在很大很大的老樹樁旁邊，聽見樹木在說話嗎？而且，聲音很好聽。我在想，說不定那就是我以前坐過的樹樁。總覺得能找到什麼。那個女孩啊，聲音很美，為了再聽一次，我不斷的尋找她。只不過，我到現在都還沒有找到。

呃，我怎麼都說出來啦！」

諾比諾害臊的搔搔脖子。

「你喜歡上那個女孩了呢。」

「呃，還不到那樣……」

他的臉脹成紅色。

「不過，我覺得一定能見到她。因為我聽說，這裡是屬於想找到重要事物的人的森林。而且，奶奶也告訴我不要放棄。」

諾比諾把臉轉過來。

「奶奶？不是我第一次見到你時，向你打聽的那名女子嗎？」

我把身體往前傾。

「不，不是那個人……是位老奶奶。她的頭髮是白的，所以我想應該是老奶奶……還是個體型龐大的老奶奶。」

是老奶奶啊……我失望的垂下肩膀。儘管如此，我還是非問不可。

「那個時候，你說過在森林裡見過一名女子，對吧？也不是我遇到的那個人嗎？」

「不是不是，我遇到的那個人戴著帽子，有種媽媽的感覺。」

「你記不記得，是什麼時候遇到的？」

「什麼時候啊……不過，在這座森林裡，沒辦法說明時間。當下有可能是過去，過去可能是未來，兩個不同地方的時間還有可能是連接的……若不習慣這一點，是找不到要尋找的東西的。」

諾比諾重新抱好懷裡的樂器，慢慢環視四周。

那把掃帚吉他，是諾比諾自己做的，如同字面上的意思，完全就是用草紮成的掃帚，外型十分奇特。而且，上面繫著類似弦的東西，如同真正的吉他。

「大姊姊，我得去找那個很愛聊天的昔落可所說的樹椿，所以要先走了。」

諾比諾往後轉過身去。途中，他問我：「妳之前都待在哪裡？」

「另一邊有個小屋，我在那裡過了一夜。」

「喔，那棟小屋啊，我知道。那裡的門關不緊，對吧。那麼，大姊姊妳要多小心，別再摔倒了喔。不知道我們還會不會再見。」

他輕輕舉起手道別後，便鑽進樹林間。

關不緊的門嗎……雖然同樣是門，這裡的門卻跟「終點之門」完全相反呢。

話說回來，諾比諾那傢伙又叫我「大姊姊」了。為了讓自己的外表年齡顯得比較大，我的確換上了成熟的服裝才踏上這段旅行。可是，現在的我從上衣到裙子都被樹枝刮得破破爛爛，身上也到處是受傷時留下的血跡和泥漬，我頓時覺得好難為情，馬上沿著來時走過的路，往小屋跑回去。

小屋沒有消失，仍然在原本的地方。我想也不想便飛奔進去，將背包甩到床上，然後到洗手間用鏡子打量自己一番。

「唔——」我忍不住發出呻吟。果然慘兮兮的，到處都是傷痕。

額頭上的腫包轉變為紫紅色，臉頰的傷口上還黏著泥土。疼痛感明明緩和了下來，傷口的顏色卻變得更深，看起來反而更加嚴重。

我回想起嘎嘎說的「慘兮兮的開始」，越來越火大。

什麼「開始」啊……這裡可是終點耶。

我脫下衣服，用水清洗身體，從背包裡拿出另一套衣褲換上，再重新照照鏡子。

「雖然腫包還在，傷口也還在，但至少洗掉了泥巴，看起來還能接受。」

我對著鏡子裡的自己皺了皺眉。

接下來，便得解決肚子餓的問題。我將背包裡剩下的餅乾碎塊找出來吃掉，把水瓶裡的水倒進杯子喝，最後也不忘裝滿水壺。

這棟小屋裡的器具看起來一應俱全，卻偏偏沒有任何能吃的東西。也許出去外面能找到一些什麼吧。畢竟這裡是森林，應該能找到樹果、野莓之類的食物。

於是，我出外尋找食物。不知道為什麼，外面的森林顯得比之前還要大許多。

我撥開雜草前進的途中，看到一種外表很柔軟的樹枝，枝上發出淡綠色的芽。這個似乎可以吃。我摘下芽，放入口中。

「呀啊！」

結果，我反射性的吐了出來。

嗆辣得不得了，好像還帶刺，口中又痛又麻。我急急忙忙趕回小屋，一路上還連吐了好幾次。

森林不是會賜給人類生命才對嗎？我明明在書上讀過不知多少次。

等疼痛感稍微舒緩後，我再度踏出小屋，四處尋找能吃的東西。但是，經過一次教訓，我已經害怕得什麼都不敢放進嘴裡。話雖如此，又不能不吃東西，一直這樣下去是不行的。

就在這時，那股熟悉的

氣味飄了過來，我的鼻子立刻有所反應，看向氣味飄來的方向。就在身旁的樹林間，有一條大概只夠一個人勉強通過的小徑。看樣子，不久前有個非常厲害的大力士，在茂密的樹林間開闢出通道。

這條小徑的前方逐漸寬敞起來，並且一點一點的通往低處。我不禁鬆一口氣。原來「森林的終點」這個車站名是真的。儘管稍微繞了遠路，我還是來到了森林的盡頭。

再往前走不遠，便聽見流水聲。前方出現一條小溪，溪流上有一座小橋。過橋之後，略微寬敞的道路繼續延伸下去。道路兩旁排列著用土牆砌成、大小不一的茅草屋。我在這條路上奔跑起來。這裡的房子都把屋頂蓋得很低，好像集體垂著頭。路上沒有任何人影，我走向離自己最近的一棟房子，看到門口旁擺著看板，上面的字已經快要消失，但仍然認得出是「蔬果店」。在看板旁邊，堆著三個裝有馬鈴薯的麻袋。我再看向昏暗的店內，架子上擺了五、六個蘋果。

「不好意思——」我小心翼翼的開口。

「來了——」隨後，店內傳來宏亮的回應，一位老奶奶拖著腳走出來。這位老奶奶有著龐大的體型，以及厚實的肩膀和手臂，如同裹著好幾層棉被。她留著一頭白髮，臉中央的大鼻子有如成熟的無花果。

老奶奶以鋪天蓋地之姿，上下打量我，那雙夾在皺紋間的眼睛帶有幾分綠色。過了一會兒，她改變表情，泛起笑意。之前那位從列車走下來的女子也曾露出溫柔的笑容，我受到影響，也跟著笑了起來。

「不好意思——」我再次開口。

「有什麼事嗎?」

老奶奶的聲音很悅耳，而且非常渾厚，即使在遠處也聽得見。

我閉上嘴巴，點點頭。

「妳在找東西啊。」

她劈頭就說出諾比諾說過的話。

「嗯。」我像個小孩子，用力的再點一下頭。現在的我和迷路的小孩沒什麼兩樣。況且真要說的話，我確實是在找東西。

「是很重要的東西呢。」

我繼續點頭。「大概吧……」

「這個森林啊，屬於正在尋找重要事物的人。同時，也可以說，是屬於失去重要事物的人。換句話說，也是屬於想要找到重要事物的人。」

這我也聽諾比諾說過。諾比諾的奶奶會不會就是她?總覺得這個人很難應付……

我不是為了那麼遠大的理由才來到這裡的，只是不斷搭車，到了終點就換車繼續，最後輾轉來到這裡而已。

「要說我是不是在找東西，的確可以算是。但是在尋找什麼，連我自己也說不清楚……」

「那樣就夠了。在這裡尋找的可不是拖鞋、碗盤啊之類的東西，而是肉眼看不見的事物，所以非常困難。說是這麼說，要找的東西還是得靠自己尋找。這座森林相當深邃，找起來很辛苦喔。」

聽到這裡，我皺了一下眉毛。

「肉眼看不見的事物？那到底……是什麼？」

「要是知道的話，還會那麼費功夫嗎？這可不是問一問就知道答案的。」

老奶奶的口氣突然嚴厲起來。

我才不想聽她說教，所以不悅的別開視線，低聲嘟噥：「算了……無所謂。」

「無所謂的話，就請回吧。」

「可是……」

「自己好好努力。」

老奶奶板著臉，把眼珠移到正中央，對我一喝。

這時，我的腦中又響起那首歌。

你的另一半，由你找出來——

那聲音彷彿是要我去找出另一半。

反正我就是缺少一半啦，我也很想找出自己的另一半啊。

但是，我已經受夠了！我再也按捺不住騷動的情緒，瞬間湧起回家的念頭。出外隨性旅行了這麼長一段時間，至少也看到了罕見的奇特森林，光是這一點，對一個十五歲的少女來說，已經是很豐富的經歷了。好，回家吧！

但是，在回去之前，得先跟老奶奶說一件事。

「那個……」

我開口後，轉回頭，隔著剛才走過的橋，看向另一邊的森林。

「啊啊，那棟小屋是吧？」

「熊的小屋嗎？」

我不禁喃喃自語。

「嗯，那樣說也沒錯就是了。」

對話似乎已經在不知不覺間成立，老奶奶頻頻點頭。

「那裡只有一張床，所以是熊的話，就是給一隻熊用；是人的話，就是給一個人用。不過，尋找東西必須靠自己一個人，所以床只要一張就夠了。」

怎麼又回到尋找東西的話題了……開口閉口都是找東西、找東西的，也太霸道了吧，我只是想要一個人隨心所欲的到處旅行而已耶。

「我在森林裡走著走著，發現那個屋子，便在那裡借宿了一晚，沒有先說一聲便擅自留宿，很不好意思。」

我提起這段事情，是準備向老奶奶道謝的，所以要維持禮貌才行。

「無妨。那棟小屋不屬於任何人，只要裡面空著，大家就可以自由使用，直到找到自己在尋找的東西。」

怎麼又提到了找東西啊！不過，還好那棟小屋不是某個人的家。

「謝謝妳。那真是太好了。」

放下心後，強烈的飢餓感頓時湧上來。我看向擺在店門口的馬鈴薯，盯著它們猛瞧。

「肚子餓了對吧？妳的臉蛋那麼可愛，卻一副快要流口水的模樣。」

老奶奶咧嘴笑道。竟然說我快要流口水，未免也太沒禮貌。

「這裡的東西，妳可以隨意帶走。」

她把手臂往左右兩邊張開。不過，除了馬鈴薯和乾癟的蘋果，也沒有其他東西了。

「妳是不是在想，這裡明明什麼都沒有？不過，我只要有這些就足夠了。」

「真的可以嗎？那麼，我要馬鈴薯。」我立刻開口。

「用不著客氣。在這座森林裡，就是要禮尚往來。」

「那就是說……」

「不是有借有還，而是禮尚往來。跟隔壁的人禮尚往來，跟旅行的人禮尚往來，死去的人和活著的人禮尚往來，過去和現在也會禮尚往來。這座森林就是這樣。」

「可是……我沒有什麼能送的東西……」

「沒關係。等妳想要送再送就好，畢竟，這不會是『終點』。」

老奶奶提到「終點」時，特別拉高音量。

「對了，我的名字是庫拉耶……」

「我叫做塔塔。」

庫拉耶把視線集中在我的身上，眼中閃過一瞬笑意，但隨即恢復原本的神情，然後問：「妳想要幾個馬鈴薯？」

「可不可以給我三個？」

「拿去吧。妳要做熊的湯嗎？」

庫拉耶笑了起來，圓鼓鼓的肚子跟著抖動。

怎麼又提到熊……

我向她道謝後，把馬鈴薯塞進褲子口袋，接著踏上回頭路。每走一步，口袋裡的馬鈴薯便跟著滾動。於是，我把手放上口袋，輕輕按住。一想到煮得熱騰騰，飄起濃濃蒸氣的馬鈴薯，我便覺得自己一個人也能生活下去。從來沒有想過，光是有食物就能讓人如此安心。我的腳步自然而然快了起來。

一到達小屋，我就從口袋裡拿出馬鈴薯，放到餐桌上，馬鈴薯咕嚕嚕的滾了幾下。忽然間，我的腦袋陷入一片空白。這麼硬的東西，該怎麼料理才好?菜刀之類的必要器材，在廚房裡大多能找到，另外還有少許調味料，問題是，我不曉得該怎麼做。

待在家的日子裡，有瑟莉娜阿姨幫忙做飯，再不然，我也會去餐廳，或是買現成的食物回家。食物由別人準備好，我只需要送進口中，對當時的我而言，理所當然。

我盯著馬鈴薯老半天，遲遲沒有動作。接下來到底該怎麼做？和這個地方比起來，故事裡那座有一家熊居住的小屋好多了，那裡早就準備好一鍋熱騰騰的湯。森林裡的寒冷空氣從木牆上的縫隙鑽進來，使得室內溫度一口氣降低，就算將帶來的衣物全部穿上，也還是冷得受不了。我一邊摩擦兩隻手臂，一邊到處打轉。得趕快吃些熱的東西才行。對了！直接把馬鈴薯放進水裡煮煮看吧，這樣也許就可以吃了。可是，小屋裡沒有爐子，只有暖爐，以及堆在旁邊的木柴……

難不成，我要自己生火嗎！生火……太難了，我做不到！

眼前的一切宛如在找麻煩，我不由得生起氣來。然而，我的肚子已經餓得快要受不了，現在也只能硬著頭皮試試看。我將木柴粗魯的堆進暖爐，然後用一旁的火柴點火，看到火焰轟一聲的竄起，我以為自己順利點著了，但是下一刻，火勢立刻減弱，接著熄滅得一乾二淨。接下來，我又重新試了好幾次，都無法再次點燃。

「找麻煩！」

我終於失去耐性，一把抓起木柴扔出去。

「好痛！」

木柴上的小刺，扎傷了我的指頭。

「煮飯這種事情，根本就辦不到啦！」

我忍不住放聲大喊。

「反正我就是什麼都做不好，誰叫我缺少了一半。」

大喊過後，開始脫口而出各種抱怨。

誰叫我沒有媽媽，也沒有人教我做任何事。庫拉耶那個老奶奶也一樣，明明是開蔬果店，為什麼不多為我想一下？既然知道我肚子餓了，應該要我拿蘋果才對啊。什麼禮尚往來，說得那麼好聽，天曉得她到底是親切還是壞心眼。真是受夠了，我到底來到了什麼地方啊？這裡的一切都在跟我作對。

我將被刺傷的手指含入口中。這一切讓我再也忍受不住，啜泣起來。

繼續留在這座森林裡，八成也不會遇到什麼好事。說要尋找……到底是要找什麼啊。這種地方根本不可能有我想要的東西，這裡根本不是我想來的地方！

「這樣的開始真是慘兮兮呢。」

嘎嘎的取笑忽然閃過腦海。

我從背包裡拿出《終點之門》。這本書闔得牢牢的，彷彿壓根兒沒有讓我翻開的意思。我失去耐性，和昨天一樣把書本扔到床上。書被這麼一扔，竟然像鳥張開翅膀般的翻開來。我連忙拿起書一看，上面的四個字立刻映入眼簾。

半個魔女

這幾個字宛如在對著我笑。事到如今，即使不用告訴我，我也清楚得很。反正，我就是缺少一半啦。不過，為什麼我是魔女？因為我的媽媽是米可嗎？但如果只是半個魔女，豈不是沒什麼用？我從背包裡掏出小筆記本，打開來，拿起鉛筆，粗暴的畫下一個又一個圓月，把整張紙畫得滿滿的。但是，不管我再怎麼畫，畫出的月亮都只有一半。我就這麼坐在床上，望著筆記本發呆。望著望著，我不經意的翻開下一頁，那是我之前為了不要忘掉而寫下來的一句話。

「鍋嘟、鍋嘟、嘟那、嘟那。」

我一念出這句話，眼眶立刻泛出淚水。

「嘟那、嘟那、嘟那。」

淚水一顆顆的掉下來。

我拉著薄被毯的邊邊，垂著頭，一動也不動。

不知道塔西歐和瑟莉娜阿姨，現在過得怎麼樣？我沒來由的想念他們，想念到胸口疼痛不已。我一屁股坐到地上，把頭用力埋到大腿間，感到可憐兮兮的自己是多麼軟弱。

不知道過了多久，我才重新站起來。

夠了。回家吧。

一產生這個念頭，整顆心便恨不得馬上飛回家。我匆匆把屋內收拾乾淨，將行李裝進背包，背到身上，立刻衝出小屋。雖然沒有找到像樣的道路，我還是憑著印象，尋著來這裡時看到的樹，一股勁的趕路。

沒錯，沒錯，是這裡……就在這裡。

森林在這裡到達盡頭，前方變成一片高聳的草叢，那就是通往「森林的終點」車站的草叢。和我之前看到的一樣，正輕柔的搖晃著。我加快腳步，撥開草叢前進。穿過這裡後，應該就能看到那條軌道。只要找到軌道，而且軌道上也有列車在行駛的話，就有辦法搭回家去。沒錯，回家，像以前那樣生活吧，別強求什麼根本不存在的東西，才是最好的。塔塔妳啊，自己說要離開家，結果在外面弄成這副傷痕累累的模樣，還沒有得到任何收穫。真是一個大傻瓜。

「咦！」

我的腳步停了下來。

軌道不見了！原本應該出現在這裡的軌道，完全不見蹤影！我驚慌的撥開草叢，在周圍繞了一圈一圈，但就是找不到。明明就是這裡，軌道卻消失了！

草原的前方是一片由無數根樹枝交錯而成，不斷延伸下去的昏暗森林，那裡沒有一點軌道存在的跡象。

回家的路就這樣消失了。我抱著暈眩的腦袋，癱坐在地上。

不久之後，太陽開始西沉，原有的一絲暖意隨之消散。天空從淡淡的紫色，轉為深沉的靛藍。星星一顆一顆亮

起，半個月亮也出現在森林上空。我早就知道了，只有一半對吧。我瞅著天空，站起身，踉踉蹌蹌的沿著原路回去。說來諷刺，只有半個的月亮為我照亮了腳邊。

慶幸的是，小屋還好端端留在原處，半開的門不時搖晃著，如同在等待我。

我拖著疲憊的雙腿進入屋內，喝一口水壺的水滋潤喉嚨，接著便直接鑽進被窩。

我猛然驚醒過來。明亮的日光晒進屋內，連廚房都被照亮。總覺得自己睡了很久，大概已經中午了。我緩緩起身，沒有立刻下床，而是坐在床鋪上，望著前方發呆。現在的我連想回家都回不了，不安逐漸占據我的胸口。

妳在尋找東西啊。

腦海裡突然浮現庫拉耶的話。

要找的東西還是得靠自己尋找。

我的肚子餓得不得了。仔細想想，上一次吃的東西，就是幾塊碎餅乾，之後便只有喝水。我總算站起身，搖搖晃晃的走向水瓶，繼續用冒出細小氣泡的水來緩解飢餓。

事到如今，不得不有所行動了，必須吃些什麼才行。

我打開門，慢吞吞的走進充滿麻煩事的森林。

昨天，淡綠色的樹芽讓我嘗到不少苦頭。那個東西外表看起來可以吃，裡面卻長滿刺，弄得整個嘴巴又痛又麻，感覺像有火在燒。一回想起當時的遭遇，全身就不由得打起哆嗦。我可不想再被折磨一次。可是，肚子實在太餓，幾乎要瀕臨極限了。昔落可說過她在森林裡撿到樹果，但我到處都沒看到。

我用腳撥開草叢，低頭尋找任何可以吃的東西。找著找著，草堆裡出現外觀討喜的淡紅色果實。這種果實應該不會有問題。我摘下其中一顆，小心翼翼的放入口中——好苦！我瞬間被嗆得連連咳嗽，馬上吐出來。這個果實苦到我的舌頭失去知覺，眼淚也忍不住流出來。所有東西都在找麻煩，沒有一個人願意幫我。憤怒從心底源源不斷的湧上，我狠狠踢了旁邊的樹幹一腳。

啪噠啪噠啪噠——

附近有烏鴉飛了起來。

啊，是嘎嘎！

「等等，等等，等等我啊！」

我舉起雙手，游泳似的揮舞，並且追上去。

「喂，不是叫你等等我嗎——」

我喊破喉嚨，發出近似哀號的聲音。

「嘎——嘎——嘎嘎嘎嘎——」

嘎嘎發出響亮的鳴叫，並且用足以震動空氣的力道搧著翅膀，停到我面前的樹枝上。牠的脖子動來動去，一刻也沒有停過。

「嘎哈哈哈。慘兮兮的抱怨，慘兮兮的一半。嘎哈哈哈。」

嘎嘎說完這句話，馬上飛起來，用鳥嘴在我的頭頂啄了一下。

「好啦，再見啦。嘎哈哈哈。」

牠高聲嘲笑我之後，靈巧的鑽進茂密的樹枝，消失得無影無蹤。

「什麼意思啊！」

我高舉著雙手，胡亂揮舞一陣之後，拉起袖子抹掉眼淚。

什麼「慘兮兮的一半」，牠的嘴巴還真壞。不過，現在的我的確是慘兮兮的。

我已經分不清自己到底餓不餓，一心

只想著回去小屋。於是，我慢吞吞的踏出腳步。

咦？剛才是從這個方向來的嗎？總覺得沿途的樹木越來越多，森林變得比之前還要濃密，我不禁停下腳步。

一停下來，我便注意到在已經傾倒多時而布滿苔蘚的樹木間，有一棵和我的腿差不多粗的小樹。這棵樹還很新，如同剛從土裡長出來，苗條的枝頭上，有一對柔軟的黃綠色嫩芽搖晃著。在濃密的深綠色森林中，這棵樹顯得特別稚嫩。

我輕輕摸一下樹枝，忍不住自言自語。

「你知不知道，我在尋找的東西到底是什麼？」

小樹只是晃了晃葉片。

我拉近葉梢。

「算了，問你大概也沒有用……不過你啊，雖然現在看起來很有精神，但是留在這裡的話，將來是長不大的，這個地方完全晒不到太陽喔。要抽芽的話，當初應該挑個更好的地方。你選錯生長的地方啦。不過，跟我無關就是了。」

我壞心眼的呵呵笑了幾聲，下一秒，背後冷不防的傳來聲音。

「這個小不點，總算長出芽了。希望它能長大啊。」

我回頭一看，原來是那個蔬果店的老奶奶庫拉耶。她把身體靠在枴杖上，搖搖晃晃的站著。

「咦？」

我實在太驚訝，整個人跌坐在地。

「不好意思，嚇到妳了啊。」庫拉耶敲一下枴杖。不過，她的語氣中根本沒有要道歉的意思。

「要怪就怪自己不爭氣。妳這個黃毛丫頭。」

黃毛丫頭……？

庫拉耶把我拉起來，然後用大大的手掌拍掉黏在我身上的苔蘚和樹葉。很痛耶！我還以為自己在挨打。

「我看它遲遲沒有長出芽，一直擔心是不是種子忘記要發芽，好在總算趕上時間長出來了。」

庫拉耶瞪了我一眼，忽然露出和她的體型很不相稱的柔和笑容。

「庫拉耶，是妳在這裡種下種子嗎？」

「不，不是我。種下這棵樹的人很愛護它，時常過來觀察生長情況，還會對它說話、唱歌喔。」

「那個人要是種在更好的地方就好了。這裡晒不到太陽，太可憐了。」我這麼說道。

「不，種在這裡才好，它很快就會長大。再說，塔塔妳不是發現它了嗎？」

庫拉耶一邊說，一邊端詳我的臉。

「我只是偶然發現的。」我聳聳肩，低下頭去。

「嘎、嘎，嘎嘎——」

這時，頭頂上傳來烏鴉的叫聲。

「啊，是嘎嘎？」

我嚇了一跳，往頭上看去。

嘎嘎響亮的拍打翅膀震動空氣，停到一旁的樹枝上。

「好久不見啊——」

我酸溜溜的對牠打招呼。

嘎嘎看了我一眼，打趣的歪頭咯咯笑，接著又張開翅膀，啪噠啪噠的飛起來。

「等一下啦！」

我想要叫住嘎嘎，但牠就那樣飛走了。

「哼，那個傢伙真是的！」

「唉呀呀，你們已經認識啦？」庫拉耶笑著問。

「庫拉耶，妳也認識牠嗎？」

「算是吧。那孩子離開過這座森林一段時間，之後還是回來了。看樣子，牠很喜歡妳呢。」

「是嗎……我看不出來。我們的相遇很奇妙。當時我受了傷，在草地上睡著了。天亮時，嘎嘎就出現在我的身旁。我們明明是第一次見面，卻有辦法對話。嘎嘎為什麼聽得懂，還會說人類的語言啊？雖然牠的嘴巴很壞就是了。」

「這樣啊，你們連話都說過了。那麼，牠對妳說了什麼？」

「牠說我慘兮兮的。真是沒禮貌。」

「哈哈哈。那不是事實嗎？」庫拉耶被這句話逗樂了，笑得大肚子晃來晃去。

「說人家慘兮兮的，很過分耶。牠還說我的開始慘兮兮。」

「沒辦法啊，誰叫妳就是慘兮兮的。話說回來，能夠了解話語這一點，不是很棒嗎？妳這個黃毛丫頭，不管到哪裡都只會抱怨。」

我倒抽一口氣，看向庫拉耶。她剛才說「不管到了哪裡」，是怎麼回事？我是來到這裡後才認識她的啊……而且，她還說我是「黃毛丫頭」……想著想著，內心湧起一陣騷動。

庫拉耶看我一眼，然後敲一下枴杖，冷不防的問道：「馬鈴薯吃完了嗎？」

「吃、吃完了。」

我連忙點頭。「還沒有吃」這種話，實在說不出口。

「那麼，跟我來。」

庫拉耶帶頭在森林裡大步前進。她撥開交纏在一起的茂密草叢，從其中穿過，動作流暢得叫人驚訝。她似乎很熟悉這座森林，每個角落都瞭若指掌。

我縮在庫拉耶龐大的身軀後，緊緊跟著她。

「妳很聰明嘛。」

庫拉耶轉過頭，苦笑著說道。

「謝謝妳啊。」我用她聽不見的音量嘟噥。

樹木漸漸變得稀疏，周圍也開始明亮起來。再走不久，便出現一條小溪。我們到達了昨天過來時走過的路。走過前面那座橋，便是庫拉耶的蔬果店。

「妳不會生火嗎？真是敗給妳了。火跟挨餓哪個比較可怕？」

庫拉耶突然拋出這個問題。

咦，她怎麼會知道？不過，對於她的問題，我不曉得該怎麼回答。

「庫拉耶，妳呢？」我下意識反問。

「兩種都可怕。這不是理所當然嗎？妳這個丫頭……」

「不是告訴過妳，我有『塔塔』這個名字嗎？」我加重語氣指正她。

「喔？唉呀，那真是抱歉啊。好好好，肚子餓的時候還這麼有精神，不簡單喔。」

庫拉耶伸出手指，在我的臉頰輕輕劃了一下。

「那麼，塔塔，我找找有沒有東西能給妳吃。」

來到店門口時，庫拉耶只稍微瞥一眼架子上的蘋果，便往裡面走。店內深處有個簡單的廚房，以及兩把用樹藤編成的椅子。

「塔塔，妳在這裡坐著。」

庫拉耶在大鍋子裡加水，然後把鍋子端上瓦斯爐，用火柴點火。才兩三下，爐子就冒出了火焰。

什麼嘛，這裡的爐子真方便，跟我家裡的一樣。

「不一樣喔。」

咦？我的心頭驚了一下。那句話聽起來，就像她知道我在想什麼……

「這種火啊，只有我才點得起來。至於塔塔妳，就一步一步的乖乖生火吧。今天我特別為妳煮一鍋森林湯，是很特別的湯喔，畢竟，今天妳找到了好東西。」

「找到東西？」

我皺起眉毛表示不解。自己根本還沒找到任何東西啊。

「妳不是找到了那棵樹的小孩嗎……以一個丫頭來說，算是做得很好喔。」

可是，那麼小的樹又沒辦

法做什麼，也不能拿來吃……

庫拉耶從架子上取下一個籃子，一把抓起裡面的枯草放進鍋，再蓋上蓋子。

「昨天也有個野丫頭闖進來，自顧自的喝幾口水就走了，那個孩子好像也還沒找到在尋找的東西。」

她說完後，離開瓦斯爐，坐到另一把椅子上。

「野丫頭？」

「她好像叫做昔落可，還是虛弱可……」

「是昔落可嗎！原來她還在這裡啊！我以為她早就回去了。」

不知道為什麼，我高興起來。

「昔落可她應該很開心吧。」

「是啊。」庫拉耶點點頭。

「她是個討人喜歡的女孩，我很欣賞那種拚命努力的樣子。她長成了一個好孩子呢。」

庫拉耶說到這裡時，看我一眼，接著輕描淡寫的告訴我：「這座森林裡，偶爾會有女孩子出生喔。」

「出生？」我忍不住確認一遍。

「沒錯。偶——爾會有女孩子出生。」

「『出生』是什麼意思？在森林裡？但這裡什麼都沒有啊。」

「妳覺得這裡什麼都沒有嗎？」

這裡除了樹以外，不是什麼都沒有嗎？不管問多少次，都不會改變。

「不然，還有誰住在這裡？」

「有啊。樹木、青苔、泥土、水、過去、現在，還有肉眼看不到的東西。」庫拉耶一個個念出來。

「欸——什麼跟什麼啊！」

我感覺自己的腦袋已經到達極限，再也容納不下那些像咒語般莫名其妙的玩意兒。

庫拉耶拍拍我的肩膀，繼續說下去。「塔塔，妳一副覺得我在說謊的模樣。不過啊，謊言和真實其實是相連的喔。呵呵呵呵。」

她歪起嘴角，笑了起來。

「別再說那種聽不懂的謎語了，好嗎？」

「我才沒有在說謎語。在這座森林裡啊，就算是不可思議的事情，也沒有什麼不可思議。而且，這個世界有一半是看不見的。要是沒有那一半的世界，我們看得見的這一半也根本不會存在。看得見的事物和看不見的連在一起，看不見的事物也和看得見的連在一起。所以說，要睜——大眼睛仔細看才行……別以為自己兩三下就能找到答案啊，妳這個黃毛丫頭。」

庫拉耶大力瞪我一眼，眼睛亮著綠色光芒。

這時，一陣風從門口吹進店裡，順便帶來那股香氣。

「在這座森林裡，偶爾會有女孩子出生……在這裡出生的孩子啊，會一邊跟森林禮尚往來，一邊活下去。那就像是一種美妙的魔法。」

禮尚往來……我之前幫昔落可縫上鈕釦的時候，她也說過同樣的話。

「妳說的，該不會是昔落可吧？她竟然是在這裡出生的……怎麼可能！雖然昔落可確實說過，她小時候待在樹下時，被一個老奶奶帶了回去……」

「但是，誰都不會記得自己小時候發生過的事吧。」庫拉耶這麼說。

「昔落可在尋找妳的名字。」

「是嗎？不過，妳不是也在尋找妳缺少的另一半嗎？」

我心頭一驚，趕快用別的問題來改變話題。

「庫拉耶，妳是在這裡出生的嗎？」

「如果妳覺得是，那就是了。」庫拉耶晃了晃她巨大的身軀。

「搞不懂耶！」

昔落可動不動就把「搞不懂耶」掛在嘴上，但「搞不懂」其實是很累人的，心思會被攪得一團亂。我懷抱著恐懼的心情，開口問：「難道說……我也是在這座森林出生的？」

我整個人瞬間緊張起來。

「妳不是有媽媽和爸爸了嗎？」

「但我的媽媽已經死了。」

「至少她曾經活著。」

這時，眼前忽然浮現走下列車離去的女子身影。

「難道說，媽媽在這座……」

「妳去找找看不就知道了？」庫拉耶顯得一點也不關心。

鍋子裡的湯咕嘟咕嘟的沸騰。好香的味道。

「妳真的很餓呢。連湯都在為妳加快速度喔。」

庫拉耶咧嘴對我一笑，接著拿出碗開始盛湯。

湯在為我加快速度？

「就算是湯，只要願意，也是會幫忙的。湯察覺到妳的肚子空空的，懂嗎？」

我的心思又被她看透了。

庫拉耶將碗端到我面前，碗裡的湯不停冒出熱氣。

「這可是一天只有一碗的神奇湯喔。」

「這就是……這座森林的魔法湯嗎？」

「妳在問什麼啊？我說了，這是一天只做一碗的神奇湯。不過，我想想……妳那樣說或許也對。因為，這座森林正是用這碗湯跟妳禮尚往來。與塔塔妳，禮尚往來……對吧？」

庫拉耶重複著相同的話，同時也為自己盛一碗湯，開始喝起來。

「哦，今天的湯特別好喝。塔塔，妳很受到歡迎喔。」

她將下巴揚了一下。

我把碗輕輕湊到嘴邊。好燙！不過，湯的味道真的很香。

肚子「咕」的叫起來，我再也忍不住，耐著高溫喝下一口——太、太好喝了！

這就是為我著想而煮成的滋味啊！

庫拉耶看著我，得意洋洋的瞇起眼睛，如同在問：「怎麼樣啊？」

「更了解這座森林一點了嗎？在這裡，連時間也會到處移動。所以，原本看不見的事物會出現在眼前，被遺忘的事物也會顯現出來。」

鍋嘟、鍋嘟、嘟那、嘟那

剎那間，寫在筆記本裡的那句話閃過腦海。

「唉呀，妳就慢慢喝吧，黃毛丫頭。」

又說我是黃毛丫頭！

「我問妳，很多人來這座森林嗎？」

「會啊。有人會自言自語說話給森林聽，有的人會來寄放珍惜的東西，也有的人來尋找東西。大家都是在某個地方和這座森林相連，那個叫做諾比諾的孩子也一樣……還有，像妳這個黃毛丫頭也是。」

庫拉耶的肚子晃動著，如同在尋我開心。

「不過，要進來森林可是意外的不容易喔，能不能進來，得看夠不夠拚命。可見妳啊，意外的很拚命，所以才能受到森林的召喚。而且，妳還找到了那棵小樹。」

我又開始有點受不了她了，但是，我也不想讓自己的情緒產生更大的起伏，所以只是不吭聲，繼續喝碗裡的湯。湯帶來的暖意，以極快的速度從舌尖擴散到腳尖。

忽然間，我的胸口深處莫名的騷動起來，嘴唇也開始一抖一抖的。

妳認得這個味道，對吧——湯這麼對我說。一股安心感逐漸填滿身體各個角落，我的心情隨之放鬆，眼皮也越來越重，快要黏在一起。

「打起精神來。」庫拉耶拍了一下我的背。

「對不起。實在太好喝了。不知道為什麼，這個味道讓我好懷念！我啊，聽在森林好遠好遠的另一邊，一個叫做『終點』的車站裡的站務員說，那個車站的前方是很詭異的森林，所以叫我不要過去。但是，聽他那樣說了之後，我反而無論如何也想去看看。於是，我往那裡走著走著，就看到通往森林的鐵路……我搭上車，結果真的到了森林。」

「是嗎，妳是從叫做『終點』的車站來的啊。雖然車站的名字是『終點』，但並不代表結束，對吧？」

「對。」

喝下熱湯後，整個胃暖呼呼的，心情也平和了下來。

「之前看到的那棵小樹，希望能順利長大。我有一點擔心，但既然是妳在照顧，應該就不會有問題吧。」

「不對，照顧它的人不是我。不過，那孩子成長的速度意外的快喔。」

庫拉耶一直用「那孩子」稱呼那棵小樹，彷彿是它的母親。

「我想在這座森林尋找的……大概是一首歌的歌詞。那首歌唱得斷斷續續的……我想知道完整的內容。不知道找不找得到呢？」

「妳問我，我要問誰……妳啊，雖然是個黃毛丫頭，不過能一個人大老遠來到這裡，很了不起喔。」

庫拉耶揚起嘴角，對我露出笑容。

我輕輕吸了一下鼻子。

「庫拉耶，妳在這裡住多久了？」

「這個嘛，到底住多久了呢……久到我都長得和樹一樣大了。」

庫拉耶將背脊打直，她的身軀看起來又更大了。

「不過，妳不會想去別的地方嗎？」

「有啊，有時候會，就搭著列車出遠門。」

我下定決心，把之前聽她說話時，一直在意的事情問出口。

「庫拉耶，我總覺得，之前好像在哪裡見過妳。我來到這座森林前，曾經在某個車站前的長椅上看到一個跟妳很像的老奶奶。那個人——」

「不是，妳認錯人了吧。我一直都待在這個地方。我是用『待在這裡』的方式禮尚往來。」

庫拉耶很乾脆的否認。說完話後她抬起頭，看向河流對岸那片黑壓壓的森林，露出溫柔的表情。

「我很高興妳來到這座森林，這是我真正的心情。」

她的身體大大晃動，森林的氣息包覆在我身上。我就這樣發呆了好一會，庫拉耶才又開口。

「再不回去的話，天就要黑囉。」

「啊，謝謝妳的招待。」

庫拉耶送我到橋邊後，我循著昨天走過的路快步回去。

回到小屋，我立刻撿起木柴丟進暖爐。庫拉耶老是叫我「黃毛丫頭」，讓我很不是滋味，這次我絕對要點起火給她看。

我從籃子裡挑出比較細小的樹枝放進暖爐，接著點燃火柴，小心翼翼的將火靠近樹枝。反覆兩、三次，樹枝燃起火苗，一下就燒到粗木柴上，變成一團火焰。

我趕緊把昨天向庫拉耶要的三顆馬鈴薯放進去。小屋逐漸變得溫暖，我的內心也放鬆下來，就這麼坐在椅子上，不小心打起盹。

咚咚！咚咚！

猛烈的敲門聲使我驚醒過來。我一打開門，昔落可就立刻衝進屋內。

「為什麼，搞不懂，為什麼，搞不懂！這個味道！」

「咦？妳是昔落可嗎？」

外面已經暗得像是深夜。見到昔落可出現在眼前，我驚訝得牢牢盯著她。這是我在被列車拋下的那天晚上後再次見到她。當時，我只聽到昔落可的聲音在草叢間穿梭，從自己的身旁掠過去。總覺得那好像是很久以前的事情了。

「誰叫這裡這麼香嘛！」

昔落可深深吸一口氣，看向暖爐。裡面的木柴全部燒完了，爐子深處剩下一點餘燼。昔落可二話不說，從背包裡抽出鏟子，伸進暖爐開始翻攪。被她這麼一弄，火星發出細碎的聲響飛濺起來。

「住手啊，昔落可。我正在烤馬鈴薯。」

「我知道，妳等一等。」

她用鏟子剷起一個焦黑的圓形物體，放到地上。

「這個已經烤過頭，變成黑炭了。唉——好可惜喔。」

昔落可從流理台旁邊拿來一根叉子，對準地上的黑色物體叉下去。

「喔？裡面還好好的。看起來很好吃耶——」

被烤得像是黑炭的馬鈴薯內

部，冒出熱呼呼的蒸氣。

「哇——可以吃嗎！竟然烤成功了！」我歡呼起來。

「我也可以分一些嗎？」

昔落可這麼問，我點了點頭。

於是，我們剝掉焦黑的外皮，一邊喊著「好燙！好燙！」一邊大口啃馬鈴薯。馬鈴薯只有三顆，所以最後一顆我們各分一半，就這樣快速解決了一餐。

「妳沒有準備茶嗎？」

昔落可似乎對此有點不滿。

「有水。在這裡就喝水。」

我盛一碗水遞給她。

「裡面還有氣泡呢。」她咧嘴笑著說道。

「所以，妳找到奶奶的名字了嗎？」

我回想起初次遇見昔落可時發生的事，拋出這個問題。

昔落可瞬間失去精神，默默的搖頭。

「說要去尋找，就是因為沒找到嘛。」接著，她喃喃說出讓人摸不著頭緒的話。

「就是因為沒找到，所以才會找到啊。」我為了安慰她，也說出連自己都聽不懂的話。

「啊，對喔，有道理。我得出發去尋找了。」

昔落可像是猛然想起了自己的目的，丟下這句話便飛也似的衝出門。

「天已經黑了，妳要睡在哪裡？」

「我不管在哪裡都可以睡，整座森林都是我的床，睡起來很舒服喔。」

她一邊奔跑，一邊用喊的回答，沒多久，身影便消失在黑夜裡。

昨天晚上，昔落可離開後便一直沒有回來。我放心不下，整夜都睡不著，就那麼熬夜到天亮。

外面一亮起來，我便打開窗戶，毫不客氣的深吸一口清爽的空氣。

庫拉耶之前說過，在這裡尋找的是眼睛看不見的事物。雖然非常困難，但還是得靠自己尋找。

昔落可很努力的在尋找「看不見的事物」，而且是靠自己的力量，持續不斷的尋找。我回想著昨晚她衝出屋外，進入黑暗時的身影，低聲告訴自己：**我也得去尋找！**

首先要找的是食物。沒有食物的話，什麼都談不上。

從這天起，我開始在森林裡到處走動，尋找看起來可以吃的東西。找著找著，有個我之前從來沒有注意到，外表鬆軟的草果還是樹果躍入眼簾。我謹慎的靠過去，伸手觸摸，再嗅一嗅。經過層層確認，才將那個果實帶回小屋，試著用開水燙，用爐火烤，接著才一小口一小口的試吃。剛吃第一口時，口感很粗糙，咬起來也硬梆梆的，我沒吃幾口便吐出來。不過，再嘗試多咬幾下，卻發現越來越有滋味。仔細咀嚼後，味道逐漸有所變化，這真是一項大發現。此外，我在暖爐裡點火的技術也越來越進步，不太會失敗了。我漸漸覺得，自己似乎能跟這座森林好好相處，而不至於弄得灰頭土臉。

嘎嘎再也沒有出現過。

我有時候會把食物捧在手掌心，到小屋外大喊：「嘎嘎，你要不要也來吃？」

「怎麼樣，看起來很好吃吧？我再也不是慘兮兮的了！」

不過，我連牠拍翅膀的聲音都沒聽見。

我決定暫時在這間小屋叨擾一陣子。目前還不知道回家的方法，所以也是不得已的。不過，更重要的原因是，我還沒找到自己真正要尋找的事物。我開始探訪森林深處，有時候也會一時興起，繞去曾經出現過鐵路軌道的地方看看，但始終沒有找到那條軌道。此外，自從昔落可又去找她要尋找的東西後，我再也沒有聽到她那急性子的聲音。不管是她還是嘎嘎，都跑去哪裡了啊？有時候我會突然很想他們，但是，在這裡著急也沒有用，畢竟這座森林就是這樣，他們一定還會再出現的。現在唯一讓我放心不下的，是那一棵小樹。它在昏暗的森林中，被冰冷的苔蘚侵蝕，軟趴趴搖晃著的無助模樣，浮現在我的眼前。庫拉耶說，我找到那棵小樹就算是找到了好東西，可那樣算是我找到的嗎？那真的只是碰巧發現而已。不管怎麼想，那棵弱不禁風的小樹，都不可能是我要尋找的事物。

某天早上，我實在太想再看一眼那棵小樹，便走進森林深處。森林的模樣又變得和之前不同，導致我走到半途就連方向都搞不清楚。我猛然抬頭往上看，藍天在高聳的樹林間若隱若現，閃著耀眼的光芒。看著看著，我的身體開始旋轉，整座森林也騷動起來，接著，眼前一暗，我整個人便癱軟在地，耳朵還不斷發出嗡嗡聲。當我察覺時，周遭已經變得靜悄悄。我站起身，看向自己腳邊，發現寒冷的霧氣貼著地面流動。霧氣把樹根染成白色，並且往上攀升，變得越來越濃密。

這時，我在另一邊的樹林間，依稀看見人類的影子。那個人彎下身體，把手放到泥土上動來動去。同一時間，澄澈動人的歌聲如同繃緊的細弦般，微微傳了過來。儘管那歌聲細小得快聽不見，一字一句卻相當清楚。那是女生的聲音。

希望有一天，會有好事發生

向著將來的某一天，許下願望

在森林裡，將珍惜的種子埋下
森林裡的大家，請好好守護它
森林裡的大家，請和我約定
二者將合為一，一者將分為二
希望現在的我，以及將來的你
能降生這個世界
希望現在的我，以及將來的你
能降生這個世界

歌聲結束之後，我的全身仍然像是失去知覺，在寒冷的霧中動也不動。

「約定……約定？」我小聲的不斷念著剛才聽到的字眼。

過了一會兒，那個模糊的人影終於站起身，慢慢踏出腳步。我這才回過神，反射性的對她大喊：「等一等！」

但是，我的喉嚨乾得不得了，無論如何都只發得出沙啞的聲音。不只如此，我

伸出手想追上去，但是身體僵硬得不聽使喚，停留在原處。

「請等等我——」

我硬是從喉嚨擠出聲音，勉強讓身體動起來。就算連為什麼要去追她都不知道，我撥開草叢奔跑。儘管已經用盡全力，卻彷彿身處在夢境中，怎麼跑都追不上。

跑著跑著，我突然被地上的樹根絆倒。匆匆忙忙爬起身，我睜大眼睛往遠處尋找一番，但是那名女子已經不見蹤影。難不成，剛才發生的都是一場夢……正當我還在喘個不停時，一棵細瘦的樹出現在眼前。這棵樹從布滿苔蘚的倒樹之間抽枝，在環伺於周圍的大樹間，抬頭挺胸的屹立著。

「咦！這裡是……之前來過的地方嗎？你該不會就是，當時的那棵小樹？」

明明沒有經過幾天，那棵只有小腿高的小樹，現在已經快要長到我的肩膀了，從纖細的樹幹分岔出去的樹枝尖端也長出圓圓的黃綠色葉子。在幽暗的森林中，它和之前一樣顯得生氣蓬勃。

「你長大了呢。嚇我一跳！」

我帶著驚訝的心情對小樹搭話。

「剛才你也看到這附近有人吧，是一個女生。你也看到了嗎？」

雖然不覺得小樹會開口回答，我還是忍不住想問。

我一邊舔著跌倒時被劃傷的手指，一邊在身旁長滿苔蘚的樹幹坐下。小樹現在已經成長到算是個年輕人，那圓圓的葉片晃來晃去，如同在對我點點頭。

「我說啊，你應個聲好不好？那個人剛才就在這裡吧？我很在意她。」

小樹依舊只是默默的站著。

「喂，你也看到了，對不對？那不是我在作夢吧？你回個話啦。」

我不死心，繼續問了好幾次。

「絕對不是我在作夢，我親眼看到了哦。雖然，我不覺得你會開口回答就是了……」

我把臉湊近小樹，低聲這麼說。接著深深吸一口氣，放鬆肩膀，再「呼——」的把氣吐出來。

「老實說，我正在離家出走。我莫名其妙的討厭自己，想要獨處，所以出來旅行。出門後，我搭著一輛一輛的列車，打算前往『終點』，結果就來到這座森林……欸，剛才在霧的另一邊不是有個女生蹲在地上唱歌嗎？她的聲音明明很微弱，我卻聽得很清楚。那首歌是這樣唱的，你應該也聽到了。」

我緩緩哼出那名女子唱的歌。說來不可思議，明明是第一次聽，我卻已經把歌詞記得清清楚楚，那些歌詞自然而然的從心底湧上來。

「還有啊，我從小時候開始，就一直聽得到一首歌，不停響起『你的另一半，你的另一半』。不覺得這歌詞很讓人在意嗎？但那首歌唱得斷斷續續的，根本聽不出來在唱什麼。不過，我還是很想知道。」

空氣順著喉嚨流向深處，為話語開通道路，我接二連三的說個不停。

「在我的眼裡，月亮永遠只有一半。我從來沒有看過眉月和滿月，只看得到半圓形的月亮。很奇怪對不對？而且，媽媽在我四歲時死掉了，所以我的雙親也少了一半。嗯，我就像是穿著半雙鞋，踩著只有一半的腳步聲，一路走過來。鞋子這種東西，不是要有左右兩隻才算一雙嗎？我總是只有半邊，月亮只看得到一半，聽到的歌也在唱『你的另一半』……這些都好像在說我缺少了一半，所以，我才老是毛毛躁躁，抱怨個沒完沒了。結果，何止是缺少一半，我甚至覺得自己整個人都要不見了……大概是因為這樣，才冒出前往某個地方獨處看看的念頭吧……沒想到，這裡除了濃密的樹林，以及那個嘴巴很壞的庫拉耶，什麼都沒有。就算我想回去，鐵軌道也已經不見了……怎麼會這麼慘啊。」

我一打開話匣子便停不下來，說著說著，還莫名湧起哭泣的衝動。

「唉，好不容易有機會，像這樣把一直想說的話說出來。老是把話悶在心裡，就會變得越來越孤單呢，我才不要。嗯，你也是孤單一人，對吧？但至少長得還不錯啊。喂，你有沒有在聽？果然不可能……但就算你沒有在聽，我還是想跟你說話。」

我將身體往前傾，繼續說下去。

「我再多講一些，沒關係吧？關於我的媽媽……可以吧？我啊，對自己的媽媽一點印象也沒有。聽到我這樣說，你會不會覺得我很可憐？媽媽她啊，一直在生病，爸爸非常擔心。然後某一天，媽媽突然說，她要去她的森林……」

我對樹說話的同時，也沉浸在自己的回憶裡。沒錯，媽媽曾經對爸爸說，她要去把重要的話埋進森林……

「庫拉耶說，這裡是屬於想找到重要事物的人的森林。媽媽則是說，要把『重要的話』埋進她的森林。話這種東西要怎麼埋啊？而且，它會長大嗎……」

樹似乎很專心的聽我說話。在某種衝動的驅使下，我鼓起勇氣這麼說道：「我問你喔，媽媽的森林會不會就是這座森林？從看到那位走下列車的女子開始，我內心深處便不斷想著，她會不會就是我的媽媽。」

小樹的葉片晃了一下。這時我才發現，四周在不知不覺間，瀰漫著那股薄荷般的氣味。

「這、這個氣味……很像媽媽旅行箱裡的味道……我啊，在年紀還很小，連話都不能好好說的時候，好像曾經抱著城市裡的大樹，跟塔塔做了約定。塔塔是我的名字，所以說，我跟自己做了約定，聽起來是不是很奇怪？我也不記得自己當時說了什麼，只有媽媽和那棵大樹知道。」

森林裡安安靜靜，只迴盪著我的說話聲。我在心中默念剛才聽到的歌詞，暫時閉上眼睛。

「剛才在這裡唱歌的女子，彎下身體把手動來動去，同時唱著『在森林裡，將珍惜的種子埋下』……你覺得，她會不會是我的媽媽……我可以將她當作媽媽嗎？她大概在這座森林裡，埋下了『重要的話』……」

我回想著那位女子的背影和澄淨的歌聲，眼淚快要流下來。

「抱歉啊，自顧自的說了這麼多。我要說的就是這些了。」

一陣清風吹來，葉片隨之晃動。我再次將臉湊到葉片前。

「這只是我的自言自語，你擔待一下喔。請讓我

重新介紹自己。我叫塔塔，今年十五歲。」

說完後，我拍掉沾在屁股上的苔蘚，站起身。

「我要走囉。總覺得說得太多，有點難為情……我會再來的。如果下次還有辦法找到這裡的話。」

我揮手道別小樹，接著，找出小屋所在的方向，踩著潮溼的苔蘚離去。我將雙手交叉，往頭頂上用力伸展，總覺得，心情好久沒有這麼輕盈了。

一路上我沒有迷路，順利回到了小屋。

夜裡躺到床上後，在森林裡聽到的那首歌仍不斷在腦中迴盪，結果直到天亮我都沒辦法睡著。好不容易拖著疲倦的身體從床上起身，這一瞬間，我迫切的想再去找那位女子，於是急急忙忙換好衣服，離開小屋。然而，我不曉得要去哪裡才找得到她。既然這樣，至少去那棵樹所在的地方看看吧。

我在樹林間快步前進，但是沒走多久，便發現自己迷了路。奇怪，昨天不是很

順利的回到小屋了嗎……怎麼今天好像又闖進另一片完全陌生的森林。

「嘎嘎、嘎嘎，拜託你了——！」

我四處奔跑，大聲喊著。

「那棵樹在哪裡？快告訴我！」

我用手充當擴音筒，不斷吶喊。

「嘎、嘎、嘎、嘎——」頭上傳來高亢的烏鴉叫聲，一個漆黑的身影在樹頂啪噠啪噠的拍動翅膀，飛了出去。

我立刻跑起來，追逐牠的身影。跑著跑著，眼前出現一片熟悉的苔蘚。

啊！就是這裡，就是這裡。不過，有什麼東西不同。我停下腳步，看了看四周。

那棵樹不見了！

地點應該就是這裡沒錯，但那棵樹原本所在的地方，苔

蘚剝落了下來，黑色的泥土也露在外面。看起來是有人把樹拔走了。

該不會庫拉耶將小樹移去能晒到更多陽光的地方嗎……

地上散落著苔蘚的碎屑。我撿起來，握在掌心。手指間染上《終點之門》那本書上的潮溼氣味，若把臉湊上去，還會聞到微微的薄荷氣息……我深吸一口這股氣味，手中的苔蘚便一點一點的剝落。本來以為那棵樹會在這裡，結果並沒有。我的全身開始失去力氣。

那棵樹輕輕晃著細小枝頭，耐心聽完了我所有自言自語……

我勉強抬起沉重的腿，踏出腳步。現在的我累得不得了，回去小屋，躺到床上好好睡一覺吧，睡醒之後再繼續找就是了。

當我回過神時，已經回到小屋附近。隨意往小屋的方向一看，大門竟然是敞開的。我不由得吃了一驚，並且停下腳步。

是風吹開的嗎——我懷著這個疑問踏進小屋。下一刻，整個人被嚇得無法動彈。

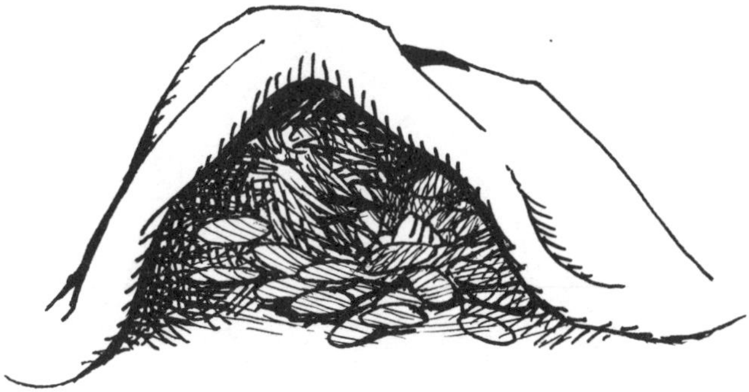

有人在這裡睡覺！

床上出現一大塊隆起物，沾著泥土的棕色頭髮從棉被下露出來。我輕手輕腳的靠過去窺看，原來是昔落可。

昔落可緊閉眼皮，不停吸吮拇指。而且，她的其中一隻手竟然摟著那棵小樹。不僅如此，地上還散落著沾滿泥土的鏟子、鞋子，以及背包。

太過分了吧！怎麼可以將小樹連根拔走！好不容易才長到那麼大，像這樣被拔起來，豈不是要死掉了嗎？這可是唯一會聽我自言自語，我很寶貝的小樹耶。

我氣到全身都在顫抖。

「不澆水的話，會枯掉。」

我把手放上昔落可摟著小樹的手臂，輕輕推開。

「呼嚕——不可以——呼嚕——」

昔落可動了動身體，迷迷糊糊的說起夢話。

別再動了！樹要被妳壓扁了！

我費了好大的力氣，才忍住要大吼的衝動，坐到旁邊的椅子上，兩隻眼睛牢牢盯著她不停吸吮手指的模樣。昔落可的臉上到處沾著泥土，神情卻像個小嬰兒。

不知道她找到奶奶的名字了沒？她說過，她連自己的名字都不知道。這個人活到現在，別說是一半，她對自己的一切都不了解，整天喊著「搞不懂」、「搞不懂」……

直到前一刻，我還氣到全身都在顫抖，但是現在，那股憤怒卻像洩了氣的氣球消失殆盡，我的眼角開始泛起淚光。

經過一陣子，昔落可輕輕挪動身體，睜開惺忪的睡眼。那雙深綠色的眼睛，一副不可置信似的環視四周。

「咦！」她大喊一聲，猛然從床上爬起身。

「我怎麼會在這裡？」

接著，她看到自己摟著的小樹，身體顫了一下。

「那是我的樹。」我沒有多想，便把手伸過去。

「咦！」昔落可驚訝得眼睛快要彈出來。

「這、這是妳的樹？」

「對……是我的……」我越說越大聲。

昔落可一臉懷疑的看著我，額頭上都起皺紋了。

「那棵樹原本長在有很多苔蘚的地方對吧？那就是我的樹！」我拉開嗓門，用喊的重複一次。

「……」昔落可的臉頰不停抽動。

「是妳拔走的，對不對？」

我輕輕摸一下小樹上的葉片。雖然這棵樹被整株拔走，還被人摟在懷裡睡覺，但葉子還是很有光澤。

「妳怎麼做得出那麼過分的事。不覺得小樹很可憐嗎？」

「可是我……」昔落可把臉湊近自己懷裡的小樹。

「我真的，那麼過分嗎……」

她這麼說道，並且誇張的用手敲幾下自己的腦袋，用力眨眨眼睛。

「我原本是因為很累，所以在森林裡睡午覺。當我睡醒時，便看到大姊姊妳在對這棵樹說話，就躲起來偷聽。我聽到斷斷續續的聲音，所以聽不出妳說了什麼……對不起。」

說到這裡，她把沾滿泥土的臉低下去。

「不過，當時妳自言自語，應該是在說什麼祕密吧。對不起。」

她再次向我道歉，並且擺出賠罪的姿勢。

「那個時候，我看到妳有想說的話，覺得很憧憬、很羨慕，像我就沒有想要說的話。」

昔落可的表情皺成一團，看起來彷彿在哭，又彷彿在笑。

「我就那樣一直看著。那棵小樹晃動個不停，像是在說什麼。於是我就想到，奶奶的媽媽埋下名字的地方，會不會就是那裡？那棵小樹會不會就是由她埋下的名字，經過很長很長的時間，發芽長成的……我想，這棵樹說不定會唱出奶奶的名字……所以，等到妳離開，我便靠近小樹，把耳朵湊上去聽。結果，真的有窸窸窣窣的聲音喔。只不過，我聽不出什麼就是了。」

我整個人貼到昔落可面前。

「妳聽到了什麼？」

昔落可被我的氣勢嚇到，嘴角下垂成八字，好像快要哭了。

「就、就說了我沒有聽出來啊。但它確實說了些什麼，而且聲音非常小。」

「會不會是妳奶奶的名字？」

「我覺得有可能，所以才豎著耳朵一直等，一直等，想說能不能聽到……結果，不知不覺，天就亮了……就在我已經好累好累，打算要放棄的時候，之前聽到的窸窸窣窣聲，突然變成什麼『半——半——』的，一直重複，像是在唱歌……聽著聽著，我便回想起來，那好像是大姊姊在那裡對樹說過的話。妳當時說了好幾次『一半』對不對？所以……我才想說要來告訴妳……

我用了點力氣要握住它，小樹就自己脫離土壤了。」

「妳聽到『半——半——』？而且像在唱歌？真的嗎？」

我呆立在原地，手臂上冒出雞皮疙瘩。

我把昔落可手上的小樹一把搶過來，把臉湊近小樹，搖晃著問：「那個『半——半——』的，

該不會是『另一半、另一半』吧？如果是的話，後面接的是什麼？快告訴我啊。」

然而，小樹只是被我晃得東倒西歪，什麼都不肯回答。

「昔落可，妳剛剛說小樹自己脫離土壤，但其實是妳拔起來的吧！難道妳沒想過將它插回去嗎？樹也是會痛的耶！」

「有啊。可是我想說，要趕快來告訴妳，所以……就直接把它帶來了。」

昔落可這麼回答後，無力的垂下頭。看她那個模樣，我原本激動的情緒逐漸消退。剛才對她說得太過分了，還有這棵小樹也是……它明明不可能開口回答，我還那麼粗魯的搖晃……

我輕輕撫摸小樹底部細細的根，向它道歉。接著，再對昔落可說：「對不起。妳的心意讓我很高興。謝謝妳，剛才真是嚇到妳了。我以為這棵樹會知道，我一直在尋找的那首歌所缺少的另一半，但根本就不可能嘛。一定是因為我找了好久好久，才會一廂情願的這麼覺得。」

我長嘆一口氣，抑制住想哭出來的衝動。

「……原來是這樣。希望妳能早日尋找到那首歌。」

昔落可這麼為我打氣。隨後，她彷彿想起什麼，用明亮的語氣說：「對了！我啊，不小心迷了路。本來以為自己對這一帶很熟的，結果還是搞不懂！然後，我認識的一隻烏鴉就告訴我往這邊走，帶我來到這個小屋。那傢伙平常根本不會這麼好心的說。」

「咦，妳認識一隻烏鴉？該不會是嘎嘎吧！妳跟牠說過話嗎？」

昔落可點點頭，露出理所當然的表情。

「嗯。大姊姊，妳也認識嘎嘎嗎？我經常和牠說話。嘎嘎出生在這座森林，在這裡生活了很——久很久。不過牠也說曾經在鎮裡住過一陣子。不知道為什麼，我跟牠好像滿合得來的，也許是因為我們有同樣顏色的眼睛吧。我剛認識牠時，就已經能夠對話。只是，那個傢伙的嘴巴很壞，先是跟我說『不錯嘛，妳長大了』，接著又說『變成一個冒冒失失的小姑娘就是了』。什麼叫做『不錯嘛，妳長大了』！很沒禮貌耶。雖然整體來說，牠還算是善良啦！」

我仔細觀察起昔落可。經她那麼一說，他們的眼睛的確都是綠色，而且也類似這座森林的顏色。爸爸以前也說過，米可的眼睛是綠色……

話說回來，嘎嘎那隻鳥還真是不可思議！

「那隻烏鴉的嘴巴壞得很，牠也笑我慘兮兮。」

「咦——大姊姊妳也能跟牠說話啊。又是冒冒失失，又是慘兮兮，牠真的很會說耶。哇哈哈哈！」

直到不久之前，昔落可都還在跟我道歉，現在已經張大嘴巴笑個不停。

「我看這個小屋裡沒有人，所以就在這裡睡著了。」

昔落可縮起肩膀，吐一下舌頭。

「可是啊，這座森林真的很奇怪耶。一下子對我們很好，一下子丟著我們不管，還會說悄悄話和唱歌。搞不懂啦——！」

這座森林確實很奇妙。我一邊這麼想，一邊把臉湊近小樹。這時，熟悉的薄荷香氣鑽進我的鼻孔，穿過喉嚨。同一時間，某處傳來帶有節奏感的細碎聲響，我豎起耳朵仔細聆聽。過了一陣子，那個聲響轉變為清晰的話語，在我的腦海中作響。

啊，是小樹在唱歌！

希望有一天，會有好事發生
向著將來的某一天，許下願望
在森林裡，將珍惜的種子埋下
森林裡的大家，請好好守護它
森林裡的大家，請和我約定
二者將合為一，一者將分為二
希望現在的我，以及將來的你
能降生這個世界
希望現在的我，以及將來的你
能降生這個世界

這是之前在森林裡遇到的那個女子所唱的歌。

在無意識之中，我已經張開嘴巴，緊緊追著歌聲一起唱。

「咦，大姊姊妳在尋找的歌，就是這一首嗎？」昔落可聽了一會兒後，訝異的問。

「不，不是這一首。這是小樹唱給我聽的。」

「什麼！我一點聲音都沒有聽到啊。小樹真的在唱歌嗎？」

昔落可似乎很懷疑我說的話。不過，我確實聽到了歌聲。

「嗯。是小樹唱的沒錯。」

她還是不相信的搖搖頭，然後「唉——」的大嘆一口氣。

「真羨慕大姊姊，聽得到樹唱歌。它什麼都不肯告訴我。能不能順便把奶奶真正的名字也唱出來啊……」

昔落可把兩顆眼珠轉到正中央，還癟起嘴巴，好像快要哭出來。不過下一秒，馬上又轉為笑臉。

「歌曲裡不是有『現在的我』和『將來的你』嗎？那是指誰呢？呵呵呵，這代表是兩個人的歌吧。『降生這個世界』的意思，大概是之後會有什麼事情發生。我開始興奮起來了。至於『二者將合為一，一者將分為二』，這句話也太奇怪了吧，怎麼算都不可能會這樣啊。完全搞不懂！」

昔落可覺得那是在算數嗎……話說回來，那句話究竟是什麼意思？

「啊！」

我突然大叫一聲，昔落可嚇得瞬間把臉轉過來。

二者將合為一，一者將分為二。

在我出門旅行前，閣樓裡的那本《終點之門》上，也出現過一模一樣的句子！發覺到這一點的瞬間，我體內糾結成團的線開始一點一點的解開。

「這大概是兩個人的歌……但也有可能只是一個人的。」我獨自低喃。

「欸？妳在說什麼？我越聽越迷糊了。」

昔落可皺起鼻子，腦袋似乎轉不過來。

「那是在說，兩個孤伶伶的人會變成一個孤伶伶的人嗎？」

「不是這個意思。我想，這不是兩個人的歌。這句話的意思應該是『將來的你正在等待現在的你』吧。『希望現在的我，以及將來的你，能降生這個世界』說不定是這個意思。」

「將來的我正在等待現在的我？呃……什麼跟什麼啊！越來越複雜了啦！」

昔落可原本就很大的眼睛現在睜得更大了，那對綠色眼珠轉了整整三百六十度。

「沒錯，未來的妳正在等待著妳。這樣想想，不覺得很開心嗎？」

「雖然不是很了解，不過，未來的我正在等待著我啊……」

她不解的歪著頭，這麼說道，並且輕輕撫摸我手上的小樹。

閣樓裡的那本《終點之門》上，還寫著另一句話——「回憶正在等待」。

「大姊姊，我們還是把這棵樹種回原本的地方吧。」

「是啊。」

我趕緊收拾行李，背起背包，用雙手好好的捧著樹。

「妳要回家了嗎？」昔落可問。

「嗯。」

回家吧。雖然不曉得找不找得到回去的路。那首一直唱著「另一半、另一半」的歌，也還是只有一半。

「好啦，該將小樹種回去了。」

「我可不可以一起去？」

「當然！不過，妳先把臉洗乾淨，還有手也是。」

昔落可透過鏡子看了看自己後，乖乖的去流理台把臉仔細洗乾淨。

「唉呀，可愛多了嘛！」

「啊哈，這是我第一次被稱讚呢。」她難為情的低下頭。

「鑰子借我。」

我這麼交代昔落可，接著關上小屋的門，帶著她出發。

原本以為很快就會到達目的地，結果我們好像又迷路了。

「這座森林果然有點古怪。」我對走在一旁的昔落可說。

「對啊，而且還常常挑人。」

「昔落可，妳很輕易的就進來了嗎？」

「嗯，我想是奶奶的媽媽的關係。她大概跟森林很要好，所以我也進得來。」

「妳一定是被森林呼喚來的。我要進來時，可是吃了一堆苦頭，又是摔倒受傷，又是被針扎到，還被說是『慘兮兮』。不過，我還是來到了這裡。真搞不懂！」

「搞不懂……？呵呵。這麼說來，嘎嘎一直沒有出現呢。」

昔落可一邊笑，一邊抬頭望著樹木。

這時，一陣風吹了起來，風中夾帶著微弱的歌聲。

「啊，是諾比諾！」

昔落可立刻有了反應。

我和昔落可朝著歌聲跑去。諾比諾正坐在一個大樹樁上，彈著那把熟悉的掃帚吉他唱歌。

他聽到我們的腳步聲，嚇了一跳，轉過頭來。

「什麼啊，原來是妳們……不要打擾我啦。我剛才聽到了，很久很久以前陪我唱歌的女孩的歌聲，她果然就在這裡。妳們看這個樹樁，我第一次聽到那個女孩的歌聲時，就是坐在這裡。總算找到了……妳們也聽到了吧。她的聲音是不是很動人？」

我和昔落可面面相覷。

「抱歉……我們沒聽到……」昔落可很抱歉的回答。

「我們只有聽到你的聲音。」我也在一旁補充。

「不，我真的聽到了，她還陪著我一起唱。」

諾比諾露出不滿的表情。

「真的啦，人家又不擅長說謊。」昔落可為自己辯解。

諾比諾這才低下頭，失落的垂下肩膀，發出低喃。

「這樣啊——」

隨後，他彈起掃帚吉他，不是很有把握的開口唱歌。

咻嗯——咻啦啦——

他的歌聲穿過群生的樹木，與枝葉譜成的林間音樂互相伴奏，彼此交融，悠然的飛向天空。

諾比諾只唱了一兩句，便停下來。

「怎麼樣，聽到了吧？就是這個聲音。從那邊傳過來的對不對？那個女孩一定也在和我一起唱。她只是很害羞，才不肯出來。」

他伸長脖子，望向森林深處，又拉開嗓門唱出「咻嗯——」並且大喊「快點出來，我們一起唱嘛——！」

我和昔落可再度面面相覷。不管再怎麼專心聽，我都只聽到諾比諾的聲音。

「抱歉……」

我不知道該如何啟齒。

「諾比諾，我只有聽到你的歌聲……不過，你的聲音很棒，我聽到入迷了——」

昔落可用很誇張的動作，把手放上胸口。

「諾比諾你聽到的，搞不好是自己的聲音。也許是風向之類的關係，才讓你那麼覺得。」

我看著諾比諾，這麼告訴他。

「對對，就是這樣。那個女孩根本不存在吧。」

昔落可也在一旁幫腔。

「她的確存在。因為，我一直都聽得到。」諾比諾對我們的說法不太高興。

「諾比諾，你很相信她呢。不過，這座森林偶爾會跟你開認真的玩笑。只要持續尋找下去，總有一天，你說不定會真的遇到她。」

我回想著之前那個消失在霧裡的背影，這麼告訴諾比諾。

「欸，再唱一次給我們聽嘛。」

在昔落可的要求下，諾比諾重新拿好樂器，開口唱歌。

咻嗯——咻啦啦——

天空上好高好高的地方

小小的風吹了下來

呼呼呼——呼呼呼——

就像是禮物一般

呼呼呼——呼呼呼——

輕輕撫過臉頰　把聲音傳出去來，出發吧
向著將來的你　向著將來的你
諾比諾的歌聲響遍森林。此時此刻，他清晰唱出的字字句句都乘著旋律，對著我們傾訴。

他唱完後，將眼睛閉上好一段時間。

「二者將合為一……一者將分為二……就是這個意思。沒有錯吧，大姊姊！」

昔落可這麼說道，對我咧嘴露出笑容。

「沒錯。這座森林，讓你聽到你自己的聲音。」我也跟著附和。

「……我自己的聲音……」諾比諾低聲複述我說的話。

「你之前覺得很好聽的，其實就是你自己的聲音。這是森林告訴我們的。」

我回想起來，自己初次遇見諾比諾時，他問我是不是也在尋找什麼。

「所以，你總算找到你要找的東西了吧？」

「咦？呃、嗯。是、是這樣……嗎……我在尋找的是——」

諾比諾一副摸不著頭緒的模樣。但他說到途中，突然沉默下來發呆，像在思考什麼。經過一段時間，昔落可再也耐不住性子先開口。

「你尋找的，就是你自己的聲音。你就用那首歌去和更多人禮尚往來怎麼樣？說不定會多出一批忠實歌迷喔。呵呵呵。」

「咦？禮尚往來？」

諾比諾彷彿意識到了什麼。他看著昔落可，眼裡逐漸亮起光輝。接著，二話不說便將掃帚吉他裝進袋子，對我們行禮道謝。

「謝謝妳。妳說的沒錯，唱歌是一件愉快的事！那麼，我要走了，我要讓所有人聽到自己的歌聲。」

諾比諾對我們揮手道別，隨即踏出腳步。

「唉呀呀，這座森林好厲害，竟然能讓那麼死腦筋的人改變想法，這到底是怎麼辦到的？不過，諾比諾接下來也要用歌聲禮尚往來了。這座森林很喜歡跟人禮尚往來。」

昔落可洋洋得意的挺起胸脯。

我朝著諾比諾逐漸遠去的背影，低聲說：「來，出發吧。向著『將來的你』。」

「大姊姊，我們也該走了，快點將小樹種回去吧。」

在昔落可的催促下，我仔細端詳手上的小樹。樹上的葉片隨著風左右擺動。

「啊！就是這裡！」

走在前面的昔落可大聲喊了起來。我看過去，發現地上覆蓋著一層苔蘚。的確就是那裡沒錯。在小樹原本生長的地方，可以看到泥土露在外面。

我二話不說，立刻拿起鏟子挖好一個洞，再由昔落可把樹插進洞裡。接著，我把周圍的土鏟過來，並且輕輕拍打，固定住樹根。在那片霧裡……媽媽她……也是像這樣輕拍土壤的吧。

經過一段努力，小樹總算逐漸站直身軀，就好像它始終佇立在這裡，未曾離開過。但我並未因此鬆懈，繼續拍打土壤。

到頭來，我仍然沒有找到完整的「另一半之歌」。我缺少的另一半到底在哪裡啊？就在這時，昔落可彷彿看透我的心思，開口說道：「我說，大姊姊，妳之前在小屋裡提到的那首，一直在唱著尋找另一半的歌，是什麼樣的歌？唱給我聽聽看嘛，只唱一部分也好。」

她也許對這件事在意了很久。

「嗯。雖然歌詞東缺西缺的，我連是不是真的那樣唱也不知道……」

我說明完後，開始唱起那首歌。

你的另一半，由你找出來

你的另一半——

為了你自己，

你的另一半——

我一邊輕拍樹根，一邊反覆唱著少了好幾句，但又再熟悉不過的段落。

唱完整的歌給我聽啦！我果然還是很想知道！

唱著唱著，我在心裡如此吶喊。

這時，一陣細微的震動，沿著我拍打土壤的手掌傳過來，在我的身體裡產生震盪。緊接著，歌詞彷彿從濃霧間慢慢走出來似的，一個個逐漸成形。我雖然有點不清楚是怎麼回事，但嘴巴還是大聲的發出聲音，跟著唱起來。

你的另一半　由你找出來
你的另一半　由你做出來
你的另一半　為了你自己
你的另一半　你將會遇見
另外那一半　為了某個人
你將會尋找　屬於你的歌
向著將來的某一天　許下願望
希望現在的我　以及將來的你
能降生這個世界

「原來是這樣唱的啊！」

一直仔細聆聽著的昔落可興奮的說道。她似乎也明白，我不斷重複唱著的「另一半之歌」，已經拼湊成一首完整的歌了。

「能知道整首歌是怎麼唱的，真是太好了呢。大姊姊！」

全部的歌詞終於串連起來。我總算在這座森林裡，找到自己要尋找的事物了。

我長長吁一口氣，對昔落可點頭。

「謝謝妳。這就是我從好——久好久以前，就想要知道的歌詞。」

這一次，我絕對不會再忘記了。我反覆不斷的哼著歌，將歌詞牢牢刻在心底。昔落可聽到這裡，露出不解的表情，問道：「咦？大姊姊，我聽過同樣的歌詞耶。『希望現在的我，以及將來的你，能降生這個世界』這一段，不就是之前在小屋時，樹木唱的那首歌……」

「啊，這句話……對喔，所以說……」

剎那間，我感覺到一切都在腦海裡連接起來。剛開始時，我只是心血來潮的搭上列車，尋找自己想去的地方，一路追尋著終點。不過，我到達的終點並不是盡頭。我繼續往前走，便來到了這座森林。這原本應該只是臨時起意的旅程……其實並不是偶然。

對我呼喚「在這邊、在這邊」，推動我前進的……正是我的媽媽。媽媽就活在這座森林裡。她出現在我的面前，傳遞重要的話給我，將想告訴我的話說給我聽。現在，我終於明白了。是媽媽帶領著我，來到這座森林的。

「好厲害喔，大姊姊。『另一半之歌』一定也是這棵樹唱給妳聽的吧。」昔落可驚訝得睜圓眼睛。

「嗯，一定是它告訴我的。」

沒錯，就是這棵樹教會我的，因為媽媽埋下「重要的話」的地方，正是這裡。眼前這棵小樹的枝葉微微擺動著。我對它輕聲說：「你是媽媽埋下的話語種子長出來的，對吧？」

接著，我輕輕抱住這棵樹，淚水源源不絕的湧了出來。這棵樹明明如此嬌小，抱起來卻非常溫暖，宛如有一雙巨大的手在守護它。抱著抱著，許多遺忘已久的往事一一浮現腦海——城市裡的大樹、正在奔跑的我、笑呵呵的爸爸媽媽。我當時抱住的那棵大樹，以及抱住我的媽媽，也都和這棵小樹一樣暖洋洋的。那棵大樹會不會也是在這座森林長出來的？而且，說不定還和這棵小樹一脈相傳——這一刻，我覺得自己和童年「塔塔」的約定，似乎是實現了。

我轉向昔落可，清楚的告訴她，「我的媽媽她啊，以前來過這裡喔。」

昔落可聽了，訝異的眨眨眼睛。

「她在十幾年前就已經死了。不過，我在這座森林見到了她。媽媽一直在這座森林等待我。」

「咦——真的嗎？好好喔。不知道我是不是也能看到自己出生的時候。」

她的臉皺了一下。

「總有一天一定能看到。因為啊，妳不是來到這裡了嗎？」

「到時候，森林搞不好也會唱歌給我聽呢。我的歌不會只有一半，而是一開始就完完整整的！但我可不想要連在歌裡也被唱成『冒冒失失的小姑娘』。看來得向嘎嘎拜託，請牠先將我的要求告訴森林才行，我希望自己能被唱得可愛一些。」

昔落可誇張的把眼皮緊緊闔上，「嘿嘿嘿」的笑起來。

「話說回來，昔落可，妳還要繼續找奶奶的名字嗎？」

「不用了。」昔落可用力搖頭，一派輕鬆的回答：「我已經找到了。」

「騙人的吧！」

「不，我真的找到了，就在現在。她的名字叫做『我的奶奶』。很棒的名字吧？呵呵呵呵。」

她這麼說道，眼珠子轉了一圈。

「是這棵樹告訴妳的嗎？」

「不是，是我自己取的，我決定就這樣當作自己找到了。」她的語氣聽起來很得意。

「我不是說過，這座森林裡的樹，會在你睡覺時過來說話嗎？有些時候，我好像會聽到它們在唱著『奶奶』。但如果我的奶奶真的只叫做奶奶，那根本沒有特地來這裡尋找的價值。所以，我才想到要加上『我的』，是不是很搭呀？聽起來像是……我跟奶奶相依為命呢。我要用名字來和她禮尚往來。雖然奶奶很任性，這個答案可能不會讓她滿意，不過，如果是我找到的『我的奶奶』這個名字，她應該就會接受了吧。總之，我打算大聲說出，這就是我奶奶的奶奶在這裡埋下的名字。」

昔落可張開嘴巴「哇、哈、哈」的大笑幾聲，豁然的說道：「我奶奶的奶奶，當時一定也是唱著『把重要的種子埋進森林』，把自己疼愛的孩子的名字埋下去的吧。雖然我還沒有找到自己真正的名字，但我還會再來這裡。尋找東西這件事，其實很有意思呢。」

說到這裡，她的表情轉為認真。

「塔塔，妳要回去了吧?我和妳一起走。」

「我不知道自己回不回得去就是了，希望能找到列車的軌道。」

「我用走的也行喔。」

「欸！用走的嗎？既然妳這麼說，那就打起精神，走回去吧。在出發之前，我要先去向庫拉耶說聲謝謝。」

「啊，那間蔬果店的老奶奶對吧。真搞不懂！」

昔落可咧嘴笑了起來。

「有一次，我餓著肚子，搖搖晃晃的走著，而且還哭個不停時，她就突然從樹林間冒出來，還對我說『歡迎妳回來』喔。完全搞不懂！我又不是自己決定要回到這個地方，只是受到別人拜託，才來這裡罷了。」

「她見到妳，應該很開心吧。」

「我看，我就當作自己是在這裡出生的吧。反正我很喜歡睡在苔蘚上，那個蔬果店的老奶奶煮的湯也很好喝。我猜想，那個老奶奶是個魔女。她囉唆歸囉唆，但其實很關心我。而且很神奇的是，她能讓我安心下來，整個人也變得很有精神。」

「的確。她既壞心眼，同時又很善良……能讓內心平靜。這樣說來，禮尚往來也許是一種魔法……」

庫拉耶曾經說過，有一個女生出生在森林裡，現在，我已經相信是真的。昔落可想必就是在這座森林裡出生的。此外，我相信米可也是。

「還能來到這裡的話，我當然會再來……不過現在，我也想要跟庫拉耶奶奶說再見。」

昔落可說出這句話後，眨眨綠色的雙眼，並且點點頭。

我們再次蹲到地面，輕拍幾下樹根，對小樹說：「那麼，再見，我們約好了喔。」

「我們要一起長大喔。再見！」

陽光從樹林的枝葉間灑落，將森林裡的苔蘚照得閃閃發亮。

「好像很暖和！」

昔落可一說完，馬上把背包扔到一旁，躺到苔蘚上，我也跟著躺下來。苔蘚軟乎乎的，使整個身體輕輕往下沉。往上方看去，明亮的天空不停閃動，像是在呵呵笑。

接著，我們重新背起背包，邁開腳步。

「咦，庫拉耶的店在哪邊啊？我又分不清楚方向了。」

我看一圈四周，想從覆蓋著苔蘚的樹林間看出什麼。就在這時，那股早已再熟悉不過的沁涼通透氣味飄了過來。於是，我自然而然的朝著那股氣味走去。

走著走著，遍地苔蘚的森林到達盡

頭，眼前轉為另一片由粗樹組成的森林，遠處還傳來流水的聲音。

「是溪流。」

流水聲越來越接近，不久之後，我們來到長著草叢的小溪邊。

「這就是那條溪嗎？它今天特別有精神呢。」

昔落可說道。

「嗯。它的水聲從來沒有這麼響亮過，沒記錯的話，前面應該有一座橋。」

「對對對，有一座橋。」

昔落可跑了出去，我也追在她的後面。

前方出現那座熟悉的橋，橋的另一邊能看到庫拉耶的店。

「騙人的吧！」

我們一跑到橋邊，立刻不約而同的放聲大叫。

之前橋的另一端明明沒有半個人影，現在卻出現了行人。不僅如此，面向道路的茅草屋個個在門口的屋簷下擺出攤位，販賣各式各樣的商品。上門買東西的顧客不斷進進出出，而且有說有笑。那些茅草屋似乎都是商店。

「完全搞不懂！」

昔落可嘀咕。

「我也搞不懂！這次我是真的不懂了。」

我也跟著嘀咕。

過橋後所見的景象，讓我們好像在作夢一般。

庫拉耶的店門口擺著成堆的蔬菜和水果。綠色的葉菜、黃色的橘子……個個都充滿光澤。

我往店裡看去，裡面也擺著許多不同種類的蔬果。之前來的時候，明明只有蘋果啊……

「這裡沒有人嗎？為什麼，為什麼，搞不懂！」昔落可碎念個不停。

我點一下頭，並鼓起勇氣發出聲音。「請、請問——」

然而，接下來的話一直無法順利說出口。

店內深處有個黑影動了一下，接著，庫拉耶晃著巨大的身軀走出來。

「一直搞不懂、搞不懂的，真是囉唆啊。搞不懂嗎？就是要搞不懂才有意思。」

庫拉耶看看我們，笑了起來，綠色的眼睛也發出光芒。

「喔——看妳們的樣子……是要手牽手一起回去嗎？」

「沒錯。」昔落可開口回答。

「所以說，兩位都找到自己在尋找的東西了？」

「算是吧。」

這次，她聳聳肩膀。

「嗯。」

我則是很肯定的點頭。

「這樣啊。塔塔，太好了呢。」庫拉耶這麼說道。

「歡迎妳們再來——說是這麼說，但這座森林啊，有的時候進得來，有的時候進不來。」

「是喔。什麼樣的時候進得來呢？」昔落可問。

「這個嘛，比如說，有很重要的東西要尋找的時候。」

「我還有要尋找的東西喔！我啊，喜歡上這個地方了。真搞不懂！」昔落可的語調激動起來。

「那麼，昔落可，歡迎妳再來尋找。」

庫拉耶對她說完後，轉而看向我。

「塔塔，妳要知道，所謂的『一半』，是要先有一個完整的東西，才會成立。」

她還是老樣子，淨說一些我聽不懂的話……

我不經意的看向天空。不知道今晚的月亮會是什麼樣子。

「那個少年，不久前也回去了，還一直唱著什麼『向著將來的你，向著將來的你』呢。」

庫拉耶的身體劇烈的晃來晃去，彷彿全身都在笑。

「不介意的話，帶一些蘋果上路吧，這些都可以直接吃。」

她這麼說道，看看我的臉，揚起嘴角笑起來。

「謝謝妳，我想要多拿一些。我們找不到列車，所以得用走的回去。」

庫拉耶大方的給了我們六顆蘋果。接著，像在尋我開心似的轉一圈眼珠，指向右方說：「沿著這條路一直走，會到達

『森林的終點』這個車站。用走的大概只要十五分鐘，那裡有列車在行駛。」

「騙人的吧！車站不是在另一邊的森林裡嗎？」我不禁發出吶喊。

「就是說啊！」

昔落可似乎也很驚訝。

「好了，妳們出發吧。」

庫拉耶這麼告訴我們，臉上帶著笑意。現在的她看起來，就是一個普通的蔬果店老闆娘。

我們看到了車站。車站入口處的木牌上，寫著「森林的終點」。

有些旅客坐在長椅上等待列車進站。我來到售票櫃台，對裡面的人說：「到終點站的車票，兩張。」

「終點站嗎？列車的終點站是『森林的起點』喔。」

櫃台的售票員面帶笑容告訴我。

「那麼，請給我兩張。」我和昔落可點點頭。

買好車票後，我們來到月台。

等待一陣子後，列車逐漸進站。車門在我們面前緩緩開啟，裡面的乘客一一步下車廂。所有乘客都下車後，輪到在月台上候車的人排隊搭乘，我和昔落可也加入其中。我們走進車廂，將背包放到地上，坐到自己的座位後，彼此對看一眼，鬆一口氣。

「大姊姊，妳要搭到哪裡？」

「我要回家。」

「我也要……回去奶奶那裡……但是，我不知道回不回得去。我忘記自己是怎麼來這裡的了。」

「不用擔心。只要不斷轉搭下一輛要出發的列車，一直往前進，最後就會到達妳住的城市。」

「真的嗎？我找得到自己住的城市嗎……」

「沒問題的！」我如此對昔落可掛保證。

打開背包，我拿出《終點之門》這本書，用手掌抹掉封面上的髒污後，對昔落可說：「這本書送給妳。」

「咦，這是什麼書？」

「雖然現在有點髒了，但這本書原本是我媽媽的。它的心情很難捉摸，妳甚至會想對它發脾氣。不過，打開來時，倒是意外的會告訴妳很正經的事喔。」

「是喔？我真的能收下嗎？」

昔落可接過書本，興沖沖的想要翻開。

「妳想打開時，它偏偏不肯打開，所以我才說，它的心情很難捉摸。」

我才剛說完，那本書就真的出乎我的意料，立刻「啪」的一聲開啟。昔落可嚇得整個人往後仰。

「我就說吧，這本書就是這樣。」

昔落可迫不及待的仔細研究起內容。

「上面寫的是什麼啊？字長得好奇怪，我看不懂啦。」

在因為受潮而滿是水漬的書頁上，排列著一行線條纖細，歪七扭八的文字。我用手指順著線條滑過去，讀出這行字的意思。

「回憶……會來……造訪。啊！」

我突然驚呼一聲。

「之前我翻開的時候，上面寫的是『回憶正在等待』，輪到妳翻開時，則變成了『回憶會來造訪』……」

「咦，來找我嗎？回憶要來找我了！會不會是我不知道的回憶？這一切是真的嗎？」

昔落可一臉不敢置信，但她還是顯得很開心。

「不知道它什麼時候會來……搞不懂！」

「昔落可，妳如果仔細看這本書的封面，會發現上面寫著『終點之門』。我最初是搭到終點時換一班列車，搭到終點時再換一班列車，就這樣闖進這座森林的。後來，我在這裡找到了自己一直想知道，唱得斷斷續續的那首歌，而且還找到了自己寶貴的回憶。我啊，之前的人生都過得隨隨便便，但現在覺得自己好像能做到什麼。我的回憶一直很有耐心的等待著我，還給了我力量，因此，我覺得自己再也不會有問題了。『終點之門』其實也就是『起點之門』喔。」

「是『終點』，又是『起點』……搞不懂，我越來越搞不懂了啦！」

昔落可的表情誇張的皺成一團。

「有什麼關係，就是搞不懂才有意思啊。」

「這句話庫拉耶奶奶也說過！」

她的話音雀躍得快要飛上天空。

「這本書送給妳。在這座森林裡，不是要禮尚往來嗎？媽媽用這本書跟我禮尚往來，所以我也用這本書跟妳禮尚往來。」

昔落可凝視著她手上的《終點之門》。

「真的可以嗎？」

「嗯。我想，我的終點之門已經逐漸打開了。回去之後，要不要把在這座森林裡的發現寫下來呢……」

我從背包裡拿出筆記本，翻開來，上面潦草的畫著只有一半的月亮。我拿起鉛筆，翻到下一頁，在口中念著「圓月」，並且用力畫下飽滿的月亮。

昔落可也在一旁專心的看著。

「……畫好了！」

我忍不住發出歡呼。白紙上圓滾滾的月亮，帶著「初次見面」的表情，對我露出不太自然的笑容。

喀鏘——

列車靜悄悄的發動，慢慢離開月台。我打開窗戶，深呼吸一口氣。在遙遠的視線前方，能看見一片森林。

這時，空氣中飄來那股薄荷般的氣味，一隻烏鴉拍著翅膀飛了進來。

「啊，是嘎嘎。」

嘎嘎眨著綠色的眼睛，停到我的肩膀上。

「咦，你也要跟我們一起走嗎？」

昔落可問。

「嘎——嘎——嘎——」嘎嘎動著牠的鳥喙。

「你說什麼，我聽不懂啦。」

昔落可噘起嘴巴。

喂，塔塔，就算是半個魔女，也還是需要夥伴吧？——我很清楚，嘎嘎是這麼說的。

「嘎嘎，你要跟塔塔好好相處喔。」昔落可輕撫嘎嘎纖細的脖子。

我對他們微微一笑，望向窗外的淡藍色天空。現在還是大白天，就看得到白淨剔透的月亮，若隱若現的，幾乎要融入淡色的天空。但如果仔細看，還是會覺得那個月亮渾圓飽滿。

我的耳邊響起一首歌。

你的另一半　塔塔找出來
你的另一半　塔塔做出來

你的另一半　是為了塔塔
你的另一半　塔塔將遇見
另外那一半　為了某個人
你將會尋找　屬於塔塔的歌
向著將來的某一天　許下願望
希望現在的塔塔　以及將來的塔塔
能降生這個世界

來！塔塔，出發吧——彷彿聽到有人這麼告訴我。

真正作者的後記

與琪琪這名少女相處的二十四個年頭中，誕生了六本《魔女宅急便》的故事，在那之後的幾年裡，因為幾個機緣，我開始對在故事中登場過的人物感到好奇。

麵包店的索娜太太，有著什麼樣的青春時代？克里克鎮的鎮長年輕時，是什麼模樣？琪琪和吉吉還小的時候又是如何？這些明明都是自己筆下的人物，我卻有一種遺忘了什麼似的不自在……於是，我寫下了《與琪琪相遇的人們》和《黑貓吉吉的故事》這兩本特別篇。不過，有個人比其他人物更讓我在意，那就是在第三集出現，有些奇特的少女蔻蔻。她會成長為什麼樣子的大人呢？這個角色比較複雜，應該很不好寫吧……雖然我一直想著總有一天要寫她的故事，卻老是在原地踏步。

蔻蔻這名少女，總是會下意識擺出不友善的態度，只能用亂發脾氣的方式來表現自己的情緒。不過反過來說，她也懷抱寂寞、不安、缺乏自信的心境。我實在太心疼這樣的一個人，所以遲遲無法下筆。

在最後的第六集裡，蔻蔻寫下了名為《半個魔女》的小故事，那就是她自己的故事，所以她應該還在持續寫著。這樣想想，我開始想知道，她寫了什麼樣的故事呢。

如此這般，我決定不寫蔻蔻自己的故事，而寫她創作的那篇故事。

那篇故事，就成為了這一本書。

這是由蔻蔻所創作，以「塔塔」這名少女為主角的故事。

雖然有點不好懂，還是請你看看在那之後的蔻蔻。

角野榮子

二〇二一年十一月

小麥田繪本館

魔女宅急便特別篇3半個魔女

小麥田　魔女の宅急便特別編その3ケケと半分魔女

作　　　者　角野榮子
繪　　　者　佐竹美保
譯　　　者　豫亭
封　　　面　莊謹銘
內頁編排　李秀菊
校　　　對　陳玟君
責任編輯　汪郁潔

國際版權　吳玲緯　楊靜
行　　　銷　闕志勳　吳宇軒　余一霞
業　　　務　李再星　李振東　陳美燕
總　編　輯　巫維珍
編輯總監　劉麗真

事業群總經理　謝至平
發　行　人　何飛鵬
出　　　版　小麥田出版
台北市南港區昆陽街16號4樓
電話：886-2-25008888 傳真：886-2-2500-1951
發　　　行　英屬蓋曼群島商家庭傳媒股份有限公司城邦分公司
台北市南港區昆陽街16號8樓
客服專線：02-25007718；25007719
24小時傳真專線：02-25001990；25001991
服務時間：週一至週五上午09:30-12:00；下午13:30-17:00
劃撥帳號：19863813 戶名：書虫股份有限公司
讀者服務信箱：service@readingclub.com.tw
城邦網址：http://www.cite.com.tw
香港發行所　城邦（香港）出版集團有限公司
香港九龍九龍城土瓜灣道86號順聯工業大廈6樓A室
電話：852-25086231　傳真：852-25789337
電子信箱：hkcite@biznetvigator.com
馬新發行所　城邦（馬新）出版集團
Cite (M) Sdn. Bhd. (458372U)
41, Jalan Radin Anum, Bandar Baru Seri Petaling, 57000 Kuala Lumpur, Malaysia.
電話：+6(03)-90563833　傳真：+6(03)-90576622
電子信箱：services@cite.my

麥田部落格　http:// ryefield.pixnet.net
印　　　刷　漾格科技股份有限公司
初　　　版　2024年7月
售　　　價　360元

ISBN 978-626-7281-90-1
EISBN：9786267281857 (EPUB)

國家圖書館出版品預行編目資料

魔女宅急便特別篇.3,半個魔女／角野榮子作；佐竹美保繪；豫亭譯. -- 初版. -- 臺北市：小麥田出版：英屬蓋曼群島商家庭傳媒股份有限公司城邦分公司發行, 2024.07
面；　公分. --（小麥田繪本館）
譯自：魔女の宅急便特別編.3, ケケと半分魔女
ISBN 978-626-7281-90-1（平裝）
861.596　　113006026